あたえる人が あたえられる

THE GO-GIVER
by Bob Burg and John David Mann

This edition published by arrangement with Portfolio,
a member of Penguin Group(USA) LLC, a Penguin Random House Company
through Tuttle-Mori Agency, Inc., Tokyo

あたえる人があたえられる ✝ 目次

第1章　野心家の思惑　7
第2章　秘訣　19
第3章　価値の法則　39
第4章　約束を果たす　59
第5章　収入の法則　65
第6章　とにかくやってみる　85
第7章　彼女の正体　91
第8章　影響力の法則　99

第9章　妻の恋文　113
第10章　本物の法則　125
第11章　ついに謎を解く　149
第12章　受容の法則　157
第13章　思わぬ電話　175
第14章　与える人生の喜び　187
五つの法則　198
謝辞　200

第1章

野心家の思惑

クレイソンヒル信託で野心家《ゴー・ゲッター》と言えば、ジョーの右に出るものはいない。バリバリ仕事をこなし、出世の階段を駆けあがらんとする、まさに意欲満々の若者だ。

そんな彼でも、働けば働くほど目標が遠くなるような気がすることはある。こんなに一生懸命がんばっているのに、追いかけてばかりで、何も手に入れていないんじゃないか……。しかし、あまりにも忙しくて、そんなことをじっくり考える余裕はなかった。とくに今日のような日には。

今日は金曜日、おまけに四半期の締め日まであと一週間しかない。決算までに、絶対に売り上げ目標を達成しなければ。

その日の夕方、ジョーは意を決して一本の依頼電話をかけた。ところが……。

「カール、冗談だよな……」。落胆しているのを悟られないように、ジョーは一呼吸おいて続けた。「ニール・ハンセン？　ニール・ハンセンって誰だ？　そいつがどんな提示をしてるかは知らないが、これはうちにうってつけの仕事じゃないか……いや、ちょっと待ってくれ。カール、きみには貸しがあったよな！　忘れたとは言わせないぞ。ホッジズの件できみの首がつながったのは誰のおかげだ？　カール、ちょっと待ってくれ……カール！」

電話を切ってデスクに置くと、ジョーは落ち着けと自分に言い聞かせながら深呼吸をした。

彼が必死に手に入れようとしていたのは、ある特大の契約だった。自分ならゲットできるはずだ、いや、何より第３四半期のノルマを達成するためにはどうしても必要なものだった。なにしろ、第１四半期も第２四半期もノルマを達成できていないのだから。

ツー・ストライクか……。三振だなんて思っただけでぞっとする。

「ジョー、どうかしたの？」。目を上げると、同僚のメラニー・マシューズが心配そうな顔で目の前に立っていた。メラニーはやさしくて、人がいい。でもそんな性格では、うちのような競争の激しい職場では長つづきしないだろう――ジョーは内心そう思っていた。

「いまの電話、カール・ケラーマン？　もしかしてBKの件で？」

「なんでもない」

ジョーはため息をついた。「ああ」

このフロアの人間で、カール・ケラーマンを知らない者はいない。企業専門ブローカーのカールはいま、ジョーが「大物《ビッグ・カフーナ》」、略してBKと名づけた特大案件を任せるのに適任の信託会社を探している。

カールによれば、BKの依頼人は、ジョーの会社ではこの案件を任せるに足る「強烈なパワーと人脈」に欠けると思っているらしい。そしていま、聞いたこともない誰かが、こちらよりも低い金額を提示してこの話を勝ち取ったという。

ぼくにはどうすることもできなかったんだ、とカールは言った。

「納得できない」

「ほんとに残念ね」。メラニーはそう言ってくれた。

「まあ、人生山あり谷ありってところかな」。ジョーは気を取り直したかのように余裕の笑みを浮かべて見せたが、頭の中では、いましがたカールに言われた言葉がかけめぐっていた。

メラニーが去るとジョーは考えこんだ。強烈なパワーと人脈か……。

しかし、しばらくすると威勢よく席を立ち、メラニーのデスクに向かった。

「ねえ、メラニー」

彼女は目を上げた。

「きみ、このあいだガスと、来月どこかで講演会をするとかいう大物コンサルタントの話をしてたよね？　たしかキャプテンとかなんとかいう」

メラニーはほほえんだ。「ああ、ピンダーね。会長よ」

ジョーはぱちんと指を鳴らした。「そう、その人！　名字は知ってるかい？」

「ええっと……」メラニーはちょっと考えこんだが、肩をすくめた。「聞いたことないと思うわ。みんな会長とか、ピンダーとしか呼ばないから。でも、どうして？　あなたも聴きに行きたいの？」

「うん、まあね」。本当は講演会なんかに興味はなかった。望むことはただひとつ。それを第3四半期が終わる来週の金曜日までに必ず実現しなければならない。

「その人は正真正銘の大物なんだろ？　莫大なコンサルタント料をとって、超一流の大企業の面倒しかみないっていうじゃないか。恐ろしい影響力の持ち主だ。わが社はBKを扱えるだけの実力は十分ある。だが、それを取り戻すためには大物の力を借りなくちゃならない。つまり人脈がいる。その会長の連絡先、わからないかな？」

メラニーは、ジョーがまるで「熊とレスリングするにはどうすればいい？」と訊いたかのような顔をした。「あの人に電話するっていうの!?」

「そうだよ。いいだろ？」、ジョーは肩をすくめた。

メラニーは首を振った。「連絡先は知らないわ。ガスに訊いてみたら？」

自分のデスクに戻りながら、ジョーは考えた。どうしてガスはこんなに長い間この会社で生き抜いてこられたのだろう。ガスが仕事をしている姿を見たことは一度もない。それなのに彼は個室を持っている。一方、自分を含めた他の社員は全員、この七階のフロアでパーティションもなく机を並べている。

ただの年功序列だと言う者もいれば、それだけの実績があるからだと言う者もいる。噂では、ガスはもう何年もの間、契約は一件も取っていないが、経営陣が昔の恩に報いるために仕方なく彼を雇っているらしい。それとは正反対の噂もある。それによると、ガスは若いころに大成功を収め、すでに仕事などしなくてもいいほどの大金持ちになっている。年金で細々と暮らしているように見えるが、じつは邸宅のマットレスの下に何百万ドルもの資産を隠し持っている変わり者だという。

でも、ジョーはどちらの噂も信じてはいなかった。昔なにがしかの契約を取ったことはあるはずだが、彼が営業のスーパースターだったというのは信じがたい。ガスはまるで高校の英語教師のような風体で、精力的なビジネスマンというよりは、引退した田舎医者というほうがぴったりくる。おだやかで、あくせくしたところはみじんもない。いつも顧客になるかどうかもわからない人に電話しては、長々とどうでもいい話をし（仕事以外のあれやこれや）、行き当たりばったたりに長期休暇をとっている。現代にはまったくそぐわない化石のようで、お世辞にも野心家とは言えない。

ジョーは、ガスの個室の開いたままのドアを軽くノックした。

「ああジョーだね、どうぞ」。ガスが答えた。

「じゃあ、いますぐ彼に電話して、会ってほしいと頼みたいんだね」

そう言うとガスは、大きな回転式名刺ファイルを慎重にめくった。そして古びた名刺をみつけると、紙切れに電話番号をメモしてジョーに渡し、彼が携帯電話にその番号を入力するのを眺めた。

「金曜の夕方に電話するのかい？」。ガスの問いにジョーはにやりとして答えた。

「そうですよ。いけませんか」

ガスはなるほどというようにうなずいた。「ひとつ言わせてもらっていいかな。きみには野心がある、大したものだ」。彼は無意識にパイプをもてあそびながら続ける。「このフロアで筋金入りの野心家と言えば、きみくらいのものだろう」

ジョーはまんざらでもなかった。「ありがとう、ガス」。そう言ってデスクに戻ろうとした。その背中にガスは声をかけた。「礼にはまだ早いよ」

呼び出し音が一度鳴っただけで、明るい声の女性が出てブレンダと名乗った。ジョーは自己紹介し、会長にお目にかかりたいと申し出た。おそらくやんわりと断られるだろうと覚悟しながら……。

ところが、予想に反してブレンダは言った。「もちろんお目にかかれます。明日の朝、おいでいただけますか？」

「えっ？　あ、あしたですか？」。思わずしどろもどろになる。「明日は土曜日ですが」

「はい、もしご都合がつけば、ですが。八時では早すぎますか？」

ジョーはあぜんとした。「あの、ええと、まずご本人に確認しなくてもいいのでしょうか」

「ええ、大丈夫です」。彼女はおだやかに答えた。「明日の朝ならあいています」

一瞬の沈黙が流れた。もしかしたら、ぼくのことを誰か別の人だと思っているのかもしれない。ピンダー氏が知っている誰かだと……。

「あの……」ようやく言葉が出た。「ええと、その、いままでお目にかかったことはないというのはごぞんじですよね？」

「はい、もちろん」。陽気な声が返ってきた。「〈ビジネスの秘訣〉のことをお聞きになったのでしょう？　それを教えてほしいということですよね」

「あ、ええ、まぁそんなところです」。〈ビジネスの秘訣〉だって？　それを教えてくれるというのか？　信じられないほどツイているじゃないか。

「ただし、お目にかかるのは一度だけです」。ブレンダは続けた。「その後は、こちらが提示する条件に同意なさった場合にのみ、次にお目にかかる日時を決めさせていただきます。〈秘訣〉をお教えするのも、その折にということになります」

「条件、ですか」。ジョーはがっかりした。自分には払えないような莫大なコンサルティング料や依頼料を要求されるにちがいない。あるいは、なにがしかの確かな信用や肩書きもいるのかもしれない。もちろんそんなものはない。どうせそんな展開になるなら、会う意味はあるだろうか？　何かもっともらしい理由をつけて、いま撤退したほうが傷が浅くてすむのではないか？

そう思いながらも、「わかりました」とジョーは答えた。「で、その、条件というのをもう一度教えていただけますか？」

「それは老師から直接聞いていただかなくては」と、ブレンダは笑った。

ジョーは彼女が教えてくれた住所をメモし、もごもごとお礼を言うと電話を切った。これから二十四時間もしないうちに、ブレンダの言う〝老師〟が会ってくれるなんて……。

でも、なぜ彼女はそう言ったあと笑ったのだろう？

第2章

秘訣

翌朝、ジョーはブレンダが教えてくれた住所に到着すると、巨大なカーブを描く私道に車をとめた。目の前には石造りの美しい四階建ての豪邸がそびえ立っている。ため息をつかずにはいられない。こいつはすごい、たしかに大物だ。思わずヒューッと口笛を吹いた。よし、いくぞ。

予習は前夜にすませてあった。インターネットで一時間ほど調べただけで、これから会うことになっている人物のことはずいぶんわかった。

会長として知られているこの人物は、多分野の事業で大きな成功を収めていた。いまは自分が築きあげたどの企業からもほぼ引退し、後進の指導や講演に多くの時間をあてている。フォーチュン五〇〇社のCEOのコンサルタントとしても、超一流企業の主催するイベントの基調講演者としても引く手あまただ。ほとんど伝説の人と言っていい。実際、ある記事では彼のことを「実業界最大の謎」と呼んでいた。

「まさにこれこそ」とジョーはつぶやいた。「強烈なパワーと人脈そのものじゃないか」

「ジョー、いらっしゃい!」

重厚なオーク材のドアに、白髪まじりの黒髪をきれいになでつけたスマートな男性が立っていた。淡いブルーのシャツにライトグレーのジャケット、それに同じくライトグレーのアイロンのきいたスラックスといういでたちだ。

六十代初めか、もしかしたらまだ五十代後半かもしれない。彼の年齢だけはインターネットでどんなに調べてもわからなかった。

わからないといえば、その総資産も謎だった。だが、どう考えても莫大なものであるはずだ。目の前の豪邸や、彼のエレガントな物腰からも、それははっきりと見てとれる。輝くような微笑は、「いらっしゃい!」というのが単なる社交辞令ではなく、心から歓迎してくれていることを示していた。

「おはようございます。本日はお時間を割いていただいてありがとうございます」

「いやいや。こちらこそ、あなたが時間を割いてくれたことに感謝していますよ」。そう言うとピンダーは、満面に笑みを浮かべながら固い握手を交わした。ジョーは戸惑ってあいまいな笑みを返しながら、どうしてこの人が自分に感謝するのだろう？　といぶかった。

「さて、ではテラスに出て、レイチェルが淹《い》れてくれる、かの有名なコーヒーを飲みましょう」。主はそう言うと、邸宅の脇に抜けるスレート敷の小径を先に立って歩き出した。

「まさかここで会うとは思わなかったかな？」

「ええ、じつは」。ジョーは認めた。「見ず知らずの人間に、それも土曜の朝に、自宅に来いと言ってくれるような実業界の大者なんて、そうそういるものではないでしょう」

小径を歩きながら、ピンダーはうなずいた。「そうかもしれない。しかし、成功を収めた人間というのは、じつはこんなことばかりしているのですよ。成功すればするほど、人にその秘訣を教えたいと思うようになるものなのです」

ジョーは、いま起きていることは現実なのだと自分に言い聞かせながらうなずいた。

ピンダーはちらりとジョーに目をやると、またほほえんだ。「人は見かけでは判断できないものですよ。そう、ほとんどすべての場合」

それからしばらく黙って歩いたあと、ピンダーは続けた。「一度、ラリー・キングと一緒に講演会に出たことがあります。ラリー・キングはごぞんじですね。ラジオやテレビで活躍している、インタビューの名手の」

ジョーはうなずいた。

「そのとき、彼に私の感じていることを確かめたくて訊いてみたのです。『ラリー、あなたの番組に出るゲストたちは、見た目どおりに感じがいい人たちですか？　正真正銘のスーパースターでもそうですか？』とね。すると、ラリーは私をじっと見つめてこう言った。『おもしろいことに、大物になればなるほど感じがいいんですよ』」

ピンダーのおだやかなしゃがれ声は、どういうわけか会った瞬間からジョーを落ち着かせてくれたが、いま、その理由がわかった。この人の話し声は、まるで子どもにお話を聞かせているようなのだ。

ピンダーはさらに続けた。「それからラリーは、自分の言ったことを少し考えて言葉を足した。『おそらく、とりたてて特別な人でなくても、ある程度成功することはできる。でも本当にすごい大物、つまりふつうの人には考えられないような、けた違いの成功を収める人は何か持っているんです。一点の曇りもない純粋さ、とでも言うのかな』」

テラスのテーブルにつき、あたりを見まわしたジョーは、すんでのところでうわっと声をあげるところだった。眼下に街並みが一望でき、西の彼方には綿のような雲に半分おおわれた山が延々と連なっている。思わず息をのんだ。

二人が腰をおろすと、レイチェルと呼ばれた若い女性が、例の〝有名な〟コーヒーの入ったポットを持って現れた。彼女がコーヒーを注いでくれている間、ジョーは考えた。妻のスーザンは、いまここで起きていることを話しても絶対に信じないだろう。今朝、スーザンには「顧客になってくれるかもしれない人に会いにいく」とだけ言ってきたが、この冒険を話してやったら、どんなにうれしそうな顔をすることか。想像するだけで笑みがこぼれた。

「あのラリー・キングがそんなことを言うなんてすごいですね。それに、このコーヒーにも驚きました。レイチェルのコーヒーはそんなに有名なんですか？」

「うちの中ではね」。そう言ってピンダーはにっこりした。「私は賭けごとはしないが、もしやるとしたら、何に賭けると思いますか？」

ジョーは首を横に振った。

「いつかレイチェルのコーヒーが、世界中で有名になるということに賭けます。このコーヒーは本当にすごい。彼女はここに来て一年ほどになりますが、たぶんもうじき出ていくことになるでしょう。これほどすばらしいコーヒーなのだから、世界中の人たちと分かちあわなくてはね」

「おっしゃる意味はわかります」。ジョーは身を乗り出すと、いかにもここだけの内緒話といったポーズをとった。「もし彼女がこのコーヒーを商品として売り出すことができれば、あなた方お二人は大儲けですよ」。そして深々と座り直すと、もう一口コーヒーをすすった。

そんなジョーを、ピンダーはコーヒーカップを置いてじっくりと眺めた。

「うん、なるほど。今朝は時間もかぎられているから、そこから始めましょう。富を築くということについて、あなたと私はまったく違う考え方をしているようだ。一緒に歩きはじめたいなら、同じ方向に向かって進まなければならない。あなたは、私がこのコーヒーを〝分かちあう〟と言ったことに気づきましたか？　ところがあなたは〝大儲け〟と言った。その違いがわかりますか？」

自信はなかったが、ジョーは咳払いをして言った。「はい、まあ、たぶん」

ピンダーは笑顔で言った。「誤解しないでほしいのですが、お金を儲けることは悪いことではありません。むしろ、すばらしいことだ。しかし、金儲けを目標にしても成功はしない」。ジョーが当惑した顔をしているのを見たピンダーはうなずき、では説明しようというように手を上げた。「あなたは成功する方法を知りたいのですね？」

ジョーはうなずいた。

「わかりました。ではさっそく、私の〈ビジネスの秘訣〉を分かちあいましょう」

ピンダーはほんの少し身を乗り出すと、やさしい声でたったひとこと言った。

「与えること」

ジョーは続きを待ったがそれだけだった。「いま、なんておっしゃいました？」

ピンダーはまたにっこりした。

「与えること、とおっしゃいましたか？」

彼がうなずいた。

「それがあなたの〈ビジネスの秘訣〉ですか？」

「そのとおり」

「ええと、あの、それはしかし……」

「たとえ本当だとしても、それだけなんてことはありえない——そうお思いになったかな？」

「ええ、まあそのような」。ジョーはバツが悪そうに認めた。

ピンダーは再びうなずいた。「ほとんどの人がそう言います。それどころか、じつを言えば、ビジネスの秘訣が〝与えること〟だと聞くと、たいていの人は笑いだす」。そして一呼吸置いてつけ加えた。「しかし、彼らのほとんどは、望みどおりの成功とはほど遠いところにいる」

それはジョーも認めざるをえなかった。

「たいていの人は、たとえば暖炉に向かって、まず先に暖めてくれ、そうしたら薪《まき》をくべてやろうとか、銀行に向かって、先に金利をくれ、そうしたら預金してやろう、というような態度でものごとに取り組んでいる。もちろん、そんなことは無理です」

ピンダーがどうしてこんなたとえ話を持ち出したのかわからないジョーは、眉をひそめた。

「つまり、同時に二つの方向には進めない、ということです。金儲けを目標にして成功しようとするのは、高速道路でバックミラーを見つめながら時速一二〇キロで走るのと同じことです」。そう言うと、ピンダーは思索にふけるようにもう一口コーヒーをすすり、いま言ったことをジョーが理解するのを待った。

一方のジョーは、まるで自分の脳が高速道路を一二〇キロで飛ばしている気分だった。しかも逆走で。彼はようやく「なるほど」とゆっくり口を開いた。「つまりあなたは、成功した人たちは、与えること、分かちあうこと、そういったことに全力をそそいでいる、と」。ピンダーがうなずくのが見えた。「そしてそれこそが、彼らの成功の理由だということですか？」

「そのとおり」。ピンダーが大声で言った。「ようやく同じ方向を向くことができたようですね」

「でも、それではみんなにつけ入られて、利用されることになりませんか？」

「いい質問です」。ピンダーはコーヒーカップを置いて身を乗り出した。「たいていの人は世界を、無限の宝庫ではなく限界のある場所だと思って育つ。力を合わせて一緒に何かをつくりあげるところではなく、しのぎを削って競いあうところだと思ってしまうのです」。ここでまた、けげんな顔をしているジョーを見た。

「食うか食われるかということですね」。ピンダーは説明を続けた。「そう、誰もがうわべは品よくとりつくろっているけれど、本当はみんな自分のことしか考えていないのではないか。かいつまんで言えばそういうことでしょう？」

たしかにそのとおりだとジョーは認めた。彼自身が、まさにそう思っていた。

「けれども、本当はそうではない」。けげんな顔のままのジョーを見ながら、ピンダーはたたみかけた。「『欲しいものがいつでも手に入るとはかぎらない』というのを聞いたことがありますか？」

ジョーはニヤリとした。「ローリング・ストーンズですか？」

ピンダーもにっこりした。「この言葉はミック・ジャガーが歌う前から言われていたはずですが、ともかく、たいていの人はそう考えているでしょう」

「まさか、それが本当はそうじゃないっておっしゃるおつもりですか？　本当は、欲しいものは必ず手に入る、と？」

「いいえ。この言葉は正しい。人生では、思うようにならないことも多いものです。でも――」。そう言ってピンダーはまた身を乗り出し、ものやわらかな声で強調した。「あなたが心から求めたものは、必ず手に入るのです」

ジョーは、いまピンダーが言ったことの真の意味をなんとか理解しようとした。

その間、ピンダーは椅子の背にもたれ、何も言わずにコーヒーをすすりながらジョーを見つめていたが、しばらくして言葉を継いだ。

「こういう言い方もできるかもしれない。『全力をそそいで求めたものは、必ず手に入る』。『災難は、招いた者のところにやってくる』と言うでしょう？」

ジョーはうなずいた。

「あれは本当なのです。災難ばかりじゃない、すべてに当てはまる。争いごとを求めれば、争いごとが起きる。人に利用されるだろうと思っていると、人はあなたを利用する。この世は食うか食われるかだと思っていれば、力の強い奴に目をつけられて、取って食われる。それと同じように、人のよいところだけを見るようにすれば、人間というものにどれほどすばらしい才能やアイデアや思いやりがあるかに気づいて驚くでしょう。結局、世界があなたをどう扱うかは、あなたが世界をどうとらえているかにほぼ比例する、ということです」

ここでピンダーはちょっと口をつぐみ、ジョーの頭にこのことがしみわたるのを待った。そのあとで、もうひとつつけ加えた。

「あなたにどんなことが起きるかは、ほとんどあなた次第だ。それを知れば驚くはずですよ」

ジョーは深く息をして、ゆっくりと声に出しながら考えをまとめた。「つまり、人に利用されると思わなければ、利用されることなどないとおっしゃるんですか？　人の身勝手な面や強欲な面に注目しなければ、たとえまわり中が身勝手で強欲だとしても、自分はたいして迷惑をこうむらないということですか？」

と、そう言った瞬間、頭の中でひらめいた。「健全な免疫システムみたいに……まわり中に病原菌がうようよしていても、自分には伝染しないというような」

ピンダーの瞳がきらめいた。「すばらしい。絶妙なたとえだ」。彼はジャケットの内ポケットから小さなメモ帳を取り出すと、走り書きしながら言った。「これは覚えておかなくては。あなたには才能がある。いつか使わせてもらってもかまいませんか」

「もちろんどうぞ」。ジョーはちょっと偉そうに言った。「そのくらいどうってことありません。才能ならたっぷりありますから」。それから一瞬沈黙したあとつけ加えた。「少なくとも、妻はいつもそう言ってくれます」

ピンダーはふきだし、メモ帳をポケットにしまった。そして両手を膝に置くと、改めて若者の目を見すえた。

「ジョー、あなたと一緒にやりたいことがあります。私が〈とてつもない成功を収めるための五つの法則〉と呼んでいるものを、あなたに教えてさしあげたい。ほんの少し時間がとれますか？　そうですね、これから毎日、一週間」

「本気でおっしゃってるんですか？」。思わず言葉につまった。「一週間というのは、その……仕事を抜け出せる時間がそんなにあるかどうか」

時間のことは大丈夫、とでも言うようにピンダーは軽く手を振った。「時間はご心配なく。一日に一時間だけでいい。昼休みになら毎日抜けられるでしょう？」

ジョーはあ然としながらうなずいた。本当にこの人が一週間、毎日自分と会ってくれるというのか。貴重な〈ビジネスの秘訣〉を、直々《じきじき》に教えてくれるというのか。

「でも、まず」とピンダーは続けた。「条件を飲んでもらわなければ」

それを聞いて、ジョーはとたんに意気消沈した。すっかり忘れていた。ブレンダが言ったように、まずピンダーの提示する条件に同意しなければ、次の予定は決められないのだ。

ジョーはごくりとつばを飲みこんで言った。「お金はあまりないのですが……」

するとピンダーは両手を上げた。「いやいや、ご心配なく。そういうことじゃないんです」

「じゃあ、守秘義務契約書か何かにサインしなければならないとか？」

ピンダーは大笑いした。「いいえ、そんな契約書などありません。あるとしても、まったく反対です。私が〝秘訣〟と呼んでいるのは、人に知られたくないからではなく、人に見つけてもらいたいから、みんなに探してほしいからなのです。みんながちゃんとその価値を認めてくれることがねらいです。とても名誉な言葉ですからね」

「何がですか？」。ジョーにはわけがわからなかった。

ピンダーはにっこりした。「〝秘訣〟という言葉そのものがです。もともと秘訣とは、とても大切にされた何か……選び抜かれ、重きを置かれ、特別な価値のために別格扱いされた何かを意味する言葉です。私はこの〈五つの法則〉をすべての人に知ってもらいたい。だからこそいくつか条件をつけるのです。いや、じつは条件はひとつだけですが。さて、準備はいいですか？」

ジョーはうなずいた。

「同意してもらいたいのは、私が教える法則のそれぞれを、あなたが実際に試す、ということです。それについて考えたり、話をしたりするのではなく、あなたの人生で実際に試してほしいのです」

ジョーはすぐにも同意しようとしたが、ピンダーは彼を押しとどめて続けた。

「それだけではありません。どの法則もただちに、学んだその日のうちに実行すること」

冗談を言っているのか？　ジョーは思わずピンダーの顔を見た。「本気でおっしゃってるんですか？　その日のうちって、寝る前にですか？　やらなければ、かぼちゃになってしまうとか？」

ピンダーはふっと笑顔を見せた。「なるほど、うまいことを言う。でも、もちろんかぼちゃになんかなりません。もしこの条件を実行しなかったときは、その時点で翌日からの約束は取り消し、これだけです」

「しかし」、ジョーは口ごもった。「失礼ですが、実行したかどうかがどうしてわかるのですか」

「またしてもすばらしい質問だ。どうしてわかるか」。ピンダーは考えながらうなずいた。「私にはわかりません。でも、あなたにはわかるはずだ。これは自己申告システムなんです。もし、私がその日に教えた法則を実行する方法をみつけられなかった場合、あなたは翌朝ブレンダに電話して、それ以降の予約をキャンセルする。あなたはきっとそうすると、私は信じる」

ピンダーはジョーを見つめた。

「あなたがこれを真剣にやる気があるかどうか、答えていただきたい。しかし、答えるよりもっと大事なことは、これを真剣にやる気があるかどうか、あなた自身が確信しなければならない、ということです」

ジョーはゆっくりとうなずいた。「なんとなくわかったような気がします。せっかく教えてくれたのに、あなたに時間の無駄づかいをさせた、という事態を避けたいということですね。了解しました」

ピンダーはにっこり笑いながら言った。「ジョー、申し訳ないが、あなたにそんな力はありません」

ジョーは戸惑った。

「私の時間を無駄にできるのは、私だけです。それに、時間を無駄にするような悪癖はとっくにやめてしまいました。条件をつけるのは、私ではなくあなたに時間を無駄にしてほしくないからです」

そう言って差し出されたピンダーの手を、ジョーは固く握りしめた。と同時にスリルでぞくぞくした。インディー・ジョーンズさながら、冒険の旅に出るような気持ちだ。

ジョーはピンダーそっくりに満面に笑みを浮かべると言った。

「それで手を打ちましょう」

第3章

価値の法則

月曜の正午少し前、これから何が起きるのだろうと心を躍らせながら、ジョーは石造りの豪邸を訪ねた。わかっているのは、ピンダーと彼の友人に会うということだけだ。なんでもその友人は不動産業界の大物で、ジョーに〈とてつもない成功を収めるための第一の法則〉を話してくれるという。

ジョーはいまだに〝与えること〟とはどういうことなのかが飲みこめていない。自分にとってこの〈ビジネスの秘訣〉が本当に効き目があるのかどうかも疑問だった。

「しかし、ピンダー氏に効き目があったのは確かだ」。広い並木道を走りながら、ジョーはつぶやいた。すごいのは彼の輝くばかりの経歴や巨万の富だけではない。「あの人は、成功という名の強烈なエネルギーを放っている。お金だけじゃない。あの人には、お金よりもはるかに強力な何かがある」

週末の間中、ジョーはそのことばかり考えていたが、その「何か」がなんなのか、皆目見当がつかなかった。

カーブした私道を走り、石段の前で車をとめると、すでにピンダーが待っていた。彼はジョーがエンジンを切るより早く、助手席のドアを開けて車に乗りこんできた。

「乗せていってもらえますか？　遅刻したくないので」

今日はレイチェルのコーヒーは飲めないらしい。落胆がチクリと胸を刺した。と、そのときだった。

「どうぞ」。シートベルトを着けたピンダーが、湯気の立つコーヒーの入った大きなマグをジョーに手渡した。「道中はこれで楽しみましょう」


二十分後、二人は繁華街にあるイタリアン＆アメリカン・カフェ〈イアフラーテズ〉で車をとめた。そこはカフェとはいうものの一流レストランで、入り口には順番待ちの客が列をなしていた。

中に入ろうとしたとき、この混みように文句を言いながら人々を乱暴に押しのけて出てきた人がピンダーにぶつかった。だが、ピンダーはその男にほほえんだ。それを見てジョーはびっくりした。

店に入ると、すぐに給仕長が現れて、二人を奥のボックス席に案内した。

「そうだよな」。ジョーは思った。「ピンダー氏はこの店のお得意様だろうから」

「ありがとう、サル」。ピンダーが給仕長にそう言うと、給仕長はピンダーにお辞儀をし、続いてジョーにウィンクした。ピンダーが誰にでもじつにやさしく丁寧なことに驚いたジョーは、席に着くなり、そのことを持ち出した。

「人に親切にするに越したことはありませんからね」。ピンダーはそう答えると話を始めた。

「若いころ、ある女性と初めてデートをすることになった。それで、彼女の家まで歩いて行ったんです。ドキドキしながらね。ところが、彼女の家のそばの小道を曲がったところで、中年の男性と出会い頭にぶつかって、足も踏まれた。相手の男性は、自分の不注意で怪我をさせてしまったのではないかと恐縮していました。でも私は『大丈夫ですから』と言い、『みんなに石頭だって言われるんです。そちらこそお怪我はありませんか？』と返したのです。すると、その人は驚いて笑いだした。そのあと私は、では失礼しますと一礼して、彼女の家に急ぎました。

そして、家について十五分ほどしたころです。玄関のドアが開く音がすると、彼女が言ったんです。『パパ、おかえりなさい！　彼が来てるの、会ってちょうだい』ってね」

ピンダーはそこで言葉を切ってジョーを見た。どうやらこの続きはジョーに言ってほしいらしい。

ジョーは期待にこたえた。「当ててみましょうか。そのパパは、さっきぶつかってきた人だった」

「そのとおり。あのときは近所に買い物に行く途中だったらしい。彼は、いい男を彼氏に選んだと言って娘をほめた。私のことを思いやりのある礼儀正しい若者だと言ってね」

「で、おつきあいは幸先よく始まったというわけですね」

ピンダーは笑いだした。「まさしく。それからずっとね。そのきれいなお嬢さんは、私の妻になってもう半世紀近い……、あっ、エルネスト！」。ピンダーはこちらに向かってくるシェフの一人に呼びかけた。「やあ、こんにちは《ボンジョルノ・カーロ》!」

するとかっぷくのいいシェフはにっこり笑い、二人のテーブルに腰をおろした。

「新しい友だちを紹介してくれるんだね?」。エルネストの言葉には快活な北イタリアなまりがあった。

「エルネスト、こちらはジョー。ジョー、エルネストだよ」

若いウェイターがメニューを二つ持ってきたが、ジョーとピンダーが口を開く前にエルネストがふりむき、早口のイタリア語でおだやかに何かを告げた。ウェイターは黙って素早く立ち去った。

「エルネスト、私の若い友人に、きみがどうやってこの店を始めたかを話してくれるかな」

エルネストはジョーに目を向けると、こう言った。「ホットドッグだよ」

ジョーは当惑した。「ホットドッグ?」

「この街に来たのは」とエルネストが続けた。「そう、もう二十年以上昔になるかな、当時はほんとに馬鹿な若造でね。貯めた金は、ホットドッグの屋台と営業許可証を手に入れただけでスッカラカン。そういえば、営業許可証のほうが屋台より高かったな」

ピンダーがくすくす笑ったので、ジョーは思い当たった。そうか、彼はこの話を何度となく聞いているのだ。

「最初はそりゃたいへんでね」。エルネストは言った。「でも、何人か常連さんができて、クチコミが広がって……。それから何年かすると、この街のガイドブックで私の小さなホットドッグスタンドが年間ベストの店だって取りあげられたのさ」

シェフは言葉を切って、ちらっと厨房のほうをふりかえった。

「へえ、本当ですか？」とジョーが言った。「街一番のホットドッグスタンドですか。それはすごいなぁ」

すると、ピンダーはにっこり笑いながら訂正した。「正しくは街一番のオープンエアの店での体験ですよ」

エルネストは謙遜するように両手を広げて肩をすくめた。

「みんなやさしいからね」

「でも」。ジョーは口ごもった。「どうしてそんなことができたんですか？　失礼ですが、どうしてホットドッグスタンドが、このあたりのお洒落なカフェよりも高い評価を得られたのでしょう？」

　エルネストはまた大げさに肩をすくめると、あやつり人形のように眉毛と両肩を同時に上げた。「どうしてかな？」。そしてピンダーにウィンクして「運がよかったんじゃないかな？」と言うと、またグリルのほうをふりかえった。それから「ちょっと失礼しますよ《スクーズィ・ウノ・モーメント》」と断ると、立ち上がって大股に歩み去った。

「おもしろい方ですね」。キッチンのドアのむこうに去ったエルネストを見て、ジョーが率直に言うと、ピンダーはうなずいた。

「ええ。でも、あのエルネストがこの店のシェフ長なんですよ」

「本当ですか？」

「そう。そして、ここのオーナーでもある」

「へえ、そうなんですか」。ジョーはがぜん興味をそそられた。

ウェイターが料理をテーブルに並べると、ピンダーはお礼を言ってナスのパルミジャーノチーズ焼きを一口食べ、そのおいしさに目を閉じてうなった。「あの男はまさに芸術家だ」

「ええ、本当においしい」。ジョーも同感だった。このうえないご馳走だ。そのときふと、スーザンもきっとここが大好きになるだろうなと思った。

しばらくの間、二人は夢中で黙々と料理を味わっていたが、ようやくピンダーが口を開いた。

「エルネストは、それどころかいまや六軒ものレストランのオーナーでもある。そのうえ、数億ドル相当の商業不動産も所有している。そのすべてがホットドッグスタンドから始まったのですよ」

ジョーは思わずフォークを取り落とし、悠然とランチを楽しんでいるピンダーを見つめた。「不動産業界の大物って、あの人のことだったんですか！」

エルネストがテーブルに戻って来るのが見えたとき、ピンダーはジョーにささやいた。「覚えておくといい。人は見かけではわからない」。そして、シェフが座れるようにさっと脇へつめながら続けた。「まったく、たいていの場合そうですから」

エルネストがボックス席のピンダーの隣にすべりこむと、彼とピンダーは五分ほどで、エルネストのこれまでの経歴をかいつまんでジョーに説明してくれた。

それによると、若かりしエルネスト・イアフラーテの名が広まると、その噂はいくつかの企業の重役たちの耳にまで届くようになった。すると彼らは、このあたりの高級レストランでのビジネスランチをやめて、道ばたのちっぽけなホットドッグスタンドを使うようになった。

エルネストはめったに自分のことは語らなかったが、そうした常連の一人があるとき（エルネストはその人のことを「コネクター」とだけ呼んだ。ジョーはこの謎めいた人物についてあとでピンダーに確認しようと、頭の中にメモした）、エルネストがじつはシェフとしての修業も積んでいることを知った。そこで、かねてからこの若者の鋭いビジネス感覚と並はずれてきめ細やかなサービスに感心していた重役たちの何人かが集まって、まとまった出資をし、彼がカフェを開業できるよう支援した。

「それから数年のうちに」とピンダーが言葉をはさんだ。「その小さなカフェは大繁盛し、われわれに出資金を返してくれただけでなく、全員にきちんと利子までつけてくれたのです」

エルネストの歩みはさらに続いた。彼は同じ地域に何軒かレストランを開くと、その利益のいくぶんかを近隣の不動産に投資しはじめた。月日は流れ、いつしか彼はこの街でもっとも多くの商業不動産を持つ一人となっていた。

話を聞いているうちに、はじめはわからなかったエルネストの一面にジョーも気づきはじめた。陽気でやや芝居がかったイタリア人シェフという見かけの下に、彼は強烈な集中力と意志の強さを秘めている。いったんそれに気づくと、もうそこから目が離せなくなった。複数の企業重役たちがなぜこの男の将来性に投資したのか、ジョーも少しずつわかってきた気がした。

ピンダーが〝体験〟という言葉を強調したわけも、ようやくのみこめた。エルネストの人気が急騰したのは、ホットドッグのせいではない。ホットドッグを提供する人のせいだ。食事そのものではなく、そこで食事をする体験が理由だったのだ。エルネストは、ホットドッグを買うというごくありふれた行為を、客にとっての忘れがたいイベントにしたのだった。

ことに子どもたちにね、とピンダーがつけ加えた。

「昔から、子どもの名前を覚えるのは得意だったんだ」とエルネストが言った。

「それに、誕生日も」とピンダーがたたみかける。

「まだある。好きな色、好きなマンガのヒーロー、いちばんの親友の名前」。ピンダーはジョーに目をやると、声を強めて言った。「なんでもかんでも、ね」

するとエルネストはまた、いかにも彼らしく肩をすくめた。「いやぁ、それはただ、子どもが好きだからさ」

こうして、子どもたちは小さなホットドッグスタンドに親を引っぱってくるようになった。まもなく親たちも友だちを連れてくるようになった。エルネストは子どもばかりでなく、大人の好みも見事に覚えた。

「誰だって、自分のことを覚えてもらえばうれしいからね」とエルネストが言った。

「それこそビジネスの鉄則ですよ」。ピンダーがつけ加えた。「すべての条件が同じなら……」、続きはエルネストが引き取った。「人は自分が知っていて、好きで、信頼する人と仕事をする。人にも紹介する」

そう言うと彼は、ふりむいてジョーを見た。「ところで、きみは単にいいレストランと、すばらしいレストランの違いはなんだと思うかな？　うまくやっているレストランはそれなりにある。でも、たとえばうちみたいに、けた違いに成功しているレストランとなるとごくわずかだ」

「そりゃあ、料理がおいしいからでしょう」。ジョーはなんのためらいもなく答えた。

エルネストは、あたり中に響き渡る大声で愉快そうに笑った。その笑い声に何人かがふりむくと、まるで池にさざ波が広がるように、笑顔が店中に広がっていった。

「そう言ってくれてありがとう《ミーレ・グラッツェ・シニョーレ》。きみは舌が肥えているね！　たしかにここの料理はおいしい。でも、この近所にはうちと同じくらいおいしい料理を出す店は何軒もあるよ。それなのにそっちの店では、いちばん入りのいい晩でも、うちの半分も入ればいいほうだ。どうしてだと思う？」

　ジョーにはわからなかった。

「だめなレストランは、量の面でも質の面でも、お客さまからいただく金額にぴったりつりあう食事とサービスを提供しようとする。いいレストランはいただく金額に対して、最高の量と質を提供するために最善を尽くす。

だが、最高のレストランは、常にお客さまの期待を超えることを目指す。どんな金額を払っても決して買えないような料理とサービスを提供することを目標にしている」

　ここでエルネストは一瞬ピンダーに目を向けると、またジョーに向き直った。

「老師はあなたに、〈五つの法則〉を教えると言ったかな？」

ジョーははやる思いでうなずいた。いよいよ〈第一の法則〉を学べる！

エルネストはまたピンダーを見た。「教えてもいいかな？」

「ぜひ」。ピンダーが答えた。

するとエルネストは身を乗り出し、内緒話でもするかのように耳打ちした。

「あなたの本当の価値は、どれだけ多く、受け取る以上のものを与えるかによって決まる」

ジョーはなんと答えればいいのか戸惑った。受け取るよりも多くを与える――それが秘訣？

「申し訳ありませんが、ぼくにはわかりません」。彼は正直に言った。「あなたが一から身をおこしてここまでになられたのはすばらしいと思いますし、その経緯は本当にすごい。でも率直に言って、受け取る以上に与えるのでは、あえて破綻を招くようなものじゃないですか。ぼくには、わざわざ儲からないようにしているようにさえ思えます」

「とんでもない」、エルネストは人差し指をふった。「それで儲かるのかというのは悪い質問じゃない。いや、重要な質問だ。でも、最初にそれを問うのはよくない。それでは間違った方向に歩き出してしまう」

エルネストはジョーに考える時間を与えてから、先を続けた。

「最初の問いは、『それは人の役に立つのか？　人の価値を高めるのか？』であるべきだ。もし答えがイエスなら、その次に『それで儲かるか？』と問えばいい」

「つまり、お客さまの期待を超えることができれば、もっとたくさんお金を払ってもらえるということですか？」

「それもひとつの見方かもしれない」とエルネストは答えた。「でも、大事なのはより多くお金を払ってもらうことじゃない。より多く与えることだ。与えて、与えて、与えつくす。どうしてかって？」。また肩をすくめた。「だって、そうしたいから。これは戦略なんかじゃない。生き方そのものだ。でも、そうしているうちに」と言って、満面に笑みを浮かべた。「すごく大きな利益が出はじめる」

「だけど、さっき結果については考えるなっておっしゃったじゃないですか」

「そうだよ、そのとおりだ。でも、だからといって結果が出ないというわけじゃない」

「結果は確実に出る」。ピンダーが加わった。「この世界の莫大な富は、商品にせよ、サービスにせよ、アイデアにせよ、自分が受け取るよりも多くを与えるということに燃えるような情熱をもってあたってきた人たちによって築かれた。けれども、そうした富の多くを、与えるよりも多く受け取りたい人たちが無駄づかいしてしまっている」

ジョーはいま聞いたことのすべてを必死に理解しようとした。なるほどそうなのかもしれない。少なくとも、この二人が言う分には。だが、自分の経験に照らしてみると、現実に即しているとはどうしても思えない。「どう考えてもわからないんです。だってどうやったら……」

「おっと」、ピンダーが人差し指を立てて、ジョーの話の腰を折った。

不意をつかれたジョーは「えっ?」と声に出した。

すると、今度はエルネストがにっこりしてジョーのほうに身を乗り出した。「老師に言われただろ。ほら、〝条件〟」

ジョーは一瞬戸惑ったが、すぐに思い出した。「ああ、そうでした」

ピンダーがほほえんだ。「考えるのではなく、実行すること」

ジョーはため息をついて続けた。「そうでした。今日中に実際にやってみなくちゃいけない」。そして二人の顔を見て、つけ加えた。「でないと、かぼちゃにされてしまう」

ピンダーとエルネストは声を上げて笑いだした。つられてジョーも力が抜けて笑顔になった。この瞬間、ジョーは強烈なパワーと人脈を手に入れるという密かな目論見のことなどすっかり忘れていた。

ピンダーが席を立った。「さあ、もう行かなくては。このお若い方は会社に戻らなくちゃならないのでね」

「明日は誰に会うんだい？」。エルネストがジョーに訊いた。

ジョーはピンダーを見た。

「本物の天才ですよ。あのCEOです」

「ああ」、エルネストがうなずいた。「あのCEOか。いいね、すごくいい。一言一句、聞きもらさないようにすることだな」

あのCEO？　それはいったいどんな人物なのか。ジョーは想像をめぐらせた。

第一の法則

価値の法則

あなたの本当の価値は、どれだけ多く、受け取る以上のものを与えるかによって決まる。

第4章

約束を果たす

ピンダーを自宅まで送り届けたあと、一人で会社へ車を走らせながら、ジョーは頭の中で嵐が吹き荒れているような気がしていた。彼は、いましがたのランチでの話をゆっくり反芻《はんすう》し、エルネストの物語についてあらためて考え、その謎めいた核心をなんとかつかもうとした。鍵はそこにあるはずだ。しかし、どう考えてもわからない。

これまでのところ、〈五つの法則〉は、世界最高の投資家ウォーレン・バフェットのアドバイスというよりも、牧師の説教のように思える。

「与えて、与えて、与えつくすこと。どうしてかって？　だって、そうしたいから。これは戦略なんかじゃない。生き方そのものなんだ」……

あれこれ思いをめぐらせている間、ジョーはしきりと何か大事なことを忘れているような気がしていたが、自分のデスクに座っていつもの仕事をやりはじめてようやく、それがなんだったか思い出した。

強烈なパワーと人脈。第3四半期のノルマ！

金曜までになんとかBKを手にしなければ。だが、はたしてピンダーと会って少しは目標に近づいたのだろうか？

ジョーは、土曜日に初めてピンダーと会ったときのことを思い出し……うなった。

それよりも、いまは〝条件〟だ。

ジョーはとっさに、フロアにいる同僚たちを見まわした。いま、うなったのを誰かに聞かれたり、考えを読まれたりしなかっただろうか。そうだ、条件だ。今日中に価値の法則を実行しなければ――。

でも、どうすればいいのか。

そのとき、デスクの電話が鳴って、ジョーははじかれたように受話器を取った。

「はい、ジョーです」

「ジョーかい。ぼくだ、ジム・ギャロウェイだ」

彼の申し訳なさそうな声を聞いて、ジョーは意気消沈した。ジムはときどき一緒に仕事をする弁護士だ。スーザンやジムの妻と一緒に、何度かテニスのダブルスをしたこともある。ジムは正直な奴だ。その声の調子で察しがついた。彼が請け負っているわが社と多国籍企業との契約更改に失敗したのだろう。

「申し訳ない、がんばったんだがね。海外にもっと強力なコネクションのある担当者がいる会社でないと困ると言われて。いま電話を切ったところなんだ。力およばずだ。すまない」

BKが流れたと思ったら、次はこれか。ジョーは失望を声に出さないよう気をつけながら言った。「いいさ、ジム。チャンスはまたある」。だが、電話を切ろうとした瞬間、ふと思い直してもう一度受話器を耳に当てた。「ジム?」。受話器のむこうから声が聞こえた。

「なんだい?」

「ジム、ちょっと待っててくれるかな」。ジョーはそう言うと、手を伸ばして一番下の引き出しを開け、重要な競合相手の名刺ファイルを取り出した。いつもなんとか出し抜こうとしのぎを削っているライバルたちの名刺だ。少し探すと、目当ての人物がみつかった。

ジョーはその名刺を見つめて自問した。「どれだけ多くを与えるか、だな？　よし、だめもとでやってみるか」

「ジム、この人に連絡してみるといい。エド・バーンズ。スペリングはB、A、R、N、E、S。海外にすごく強いらしいから。……そう、ライバルだよ。でも、この人なら役に立つんじゃないかと思って」

言葉が勝手に口からすべり出ていく。笑ったらいいのか、泣いたらいいのかよくわからなかった。「いや、借りなんてとんでもない。うまくいくよう祈ってるよ。今回はお役に立てず申し訳なかった」

ジョーは電話を切って、デスクに置いた受話器をじっと見つめた。自分がこんなことをするなんて、信じられなかった。

「煮え湯を飲まされたばかりの相手に、ライバルを紹介するなんて……」。ジョーはひとりごちた。「そのうえ、ライバルにいいビジネスチャンスをわざわざ投げてやるとは」

ふと目を上げると、ガスが自分の個室のドアからじっとこちらを見ていた。目が合うと、彼はにっこりしてうなずいた。

ジョーもうなずいた。そして、たまった雑務の片づけにかかった。

第5章

収入の法則

翌日正午、ジョーは〈子どものためのラーニング・システムズ〉という会社の受付にいた。目の前に六十代後半とおぼしきがっしりした体格の女性が座っている。受付デスクの大きな真鍮のネームプレートには、「マージ」とあった。

「CEOに会いにいらしたんでしょ?」。彼女はさえずるように早口で言うと、答えも待たずに手を差し出した。「マージよ」

ジョーは、「ジョーです」と答えて握手をし、ピンダーはどこかとあたりを見まわした。「来るのが早すぎましたか?」

「ご友人のピンダーさんなら、すぐ着くって伝言がありましたよ。大丈夫、会議室にお連れしましょう。ニコルもじきに来るでしょう」。それからマージは、「コーヒー《カップ・オブ・ジョー》を淹れて……」と言いかけて、自分の思わぬダジャレに笑いだした。「あらいやだ、ジョーにコーヒー《カップ・オブ・ジョー》を淹れる、だって」

ジョーはマージに従って明るい廊下を進んだ。だが、彼女が開けた会議室のドアから一歩踏みこんだとたん凍りついた。なんだこれは?

そこは、これまでに見たどんな会議室ともまったく違っていた。

ぴかぴかに磨きこまれたマホガニーの長テーブルに、最新型のテレビ会議システムが備えつけられているような部屋を想像していたのに、ここには木製の小さなテーブルが並べられ、その上には子どもが工作に使う粘土、ありとあらゆる色の針金のモール、うず高く積まれた色画用紙、数えきれないほどのクレヨンが散らばっていた。さらに壁ぎわには、指で描いた絵《フィンガー・ペインティング》をかけた子ども用のイーゼルが並んでいる。フィンガー・ペインティングは壁にも張られていた。

しかし、ジョーが目を丸くして立ちつくしたのは、それらのせいではなかった。部屋があまりにも雑然としていたからだ。

そこでは、二十代後半から六十代前半の十人ほどの人たちが、立ったまましゃべったり笑ったりしながら、ジョーには夢中になって散らかしているとしか思えない作業をせっせと続けていた。粘土をぐちゃぐちゃにしている人もいれば、イーゼルに置かれた用紙に絵の具を塗りたくっている人もいる。ある女性は、もつれにもつれた針金のモールを手にして、ヨーリックの頭蓋骨を眺めるハムレットさながらの真剣さで、それをじっと見つめていた。

ジョーはあ然とした。まるで競争の激しい企業社会から一転して時間をさかのぼり、幼稚園のお教室に戻ったような気分だった。

それなのにマージは、「あらまあ」と言いながら顔色ひとつ変えずにドアを閉めると隣の部屋に向かい、ジョーを手招きした。「こっちの会議室だと思うわ」

ジョーは頭が真っ白なまま、なんとかマージにお礼の言葉をつぶやいた。背後でマージがドアを閉める音がした。

今度の部屋には人はいなかったが、雰囲気はいましがた見た部屋とよく似ていた。ジョーはゆっくりと部屋の中央まで進み、壁中に飾られた作品を眺めた。あまりあまるほどの豊かさ、のびのびとしたエネルギー。思わず目を見張った。

そのとき、ドアが静かに開く音がした。ふりかえると、にこやかな若い女性と目が合った。覚えのある焙煎《ばいせん》の香りがする。見ると彼女はガラスのコーヒーポットを持っていた。

「こんにちは、ニコルです」。サングラスをかけたくなるくらい、まばゆい笑顔だった。「ジョー、ですね？」

ジョーはうなずいた。

「ピンダーから電話がありました。あと二分ほどで到着するそうです。待っている間、コーヒーはいかが？　いままで味わったことのないような最高のコーヒーなんですって」

「いただきます」。ようやく声が出るようになった。「ありがとう」。ニコルがコーヒーを注いでいる間、ジョーは改めて部屋を見まわしながら訊いてみた。「今日、ぼくはCEOにお会いするんですよね？」

「はい、そう聞いてます」

「ええと、でもあの、ここで？」

彼女はあたりを見まわした。「ちょっとふつうじゃないですよね」

「ちょっと、ですか？　いや、とてもそんなものでは」

するとニコルは「ありがとう」と言った。

ジョーはドキッとして彼女を見た。「あなたは何かこの方面のご担当とか？」

ニコルは、飾りつけの一つひとつまで愛おしむようにぐるりと部屋を見まわすと、「この部屋のデザインを考えて、全部つくりあげたんです」と答えた。

「わかった、お子さんがいらっしゃるんでしょう」

彼女はとろけるような笑みを浮かべた。「もちろん。何百万人も」。それから、びっくりしているジョーを見てまた笑った。「小学校よ。私は教師なんです。正しくは、ここで仕事をするようになるまでですけど」

ジョーはまた壁を眺めた。

ニコルはにっこりしたまま続けた。「信じられないかもしれませんけど、本当に大人がこの部屋で会議をしているんですよ。すごく成果が上がるの。フィンガー・ペインティングや粘土工作は、頭がこり固まった大人にはとっても効き目があるんです」

「じゃあ」、ジョーは隣の部屋をあごで示した。「あの部屋にいたのは……」そう言いかけて、どう呼べばいいか言葉を探した。あの人たちはなんと呼べばいいのか？「消費者グループ？　子どもたちの親？」

ニコルはほほえんだ。「あそこにいるのは、この会社のマーケティング担当の重役たちです。海外に次の支社を開くためにアイデアを出しあってるところなの」

マーケティング担当の重役たち！　ジョーが驚いて次の質問をしようとしたそのとき、静かにドアの開く音がして、子どもに読み聞かせをするような、おなじみのかすれた温かい声が聞こえてきた。

「やあ」。ピンダーは部屋に入ってくると、大股にニコルのところに歩み寄って握手をした。「ニコル！　私の若い友人に会うために時間を割いてくれて本当にありがとう。彼には本物の天才の話を聞かなくては、と言ったのですよ」

ニコルはポッと顔を赤らめた。

本物の天才だって？　ジョーは動揺を顔に出すまいと必死だった。じゃあ、ぼくは当のCEOとずっとしゃべっていたのか。

「ニコル、こちらは私の新しい友人のジョー。ジョー、こちらはニコル・マーティン。ニコルはこの国でも屈指の教育ソフトウェア会社の経営者だよ」

「でも、まだそんなにお若いのに」。間の抜けたセリフとは思ったが、実際、彼女は自分と同じくらいの年齢でしかない。

「うちの顧客ほど若くはないですよ」とニコルはほほえんだ。

そのかたわらで、ピンダーは木製の低いテーブルに腰をおろして脚を組むと、持ってきた大きな紙袋の中をごそごそかきまわしはじめた。

「私たちは、アメリカ、カナダ、そして世界中の十三カ国の学校に、学習プログラムをシリーズで提供しているんです」。ニコルはそう説明すると、「あっ、ご心配なく」と、晴れやかな笑顔でつけ加えた。「近いうちに、もっと大きくなりますから」

ニコルが話しているうちに、ピンダーは紙袋から、ワックスペーパーにきちんと包まれたサンドイッチ三つとミネラルウォーターの小瓶三本を取り出した。「では、少年少女諸君、お昼にしましょう」

ピンダーが家から持参したランチを食べている間に、ジョーは〈子どものためのラーニング・システムズ〉の由来と、その創立者であるニコル・マーティンについて知ることになった。

以前、ニコルは才能豊かな小学校教師だった。彼女の教育に対する姿勢は親たちに好評だったし、子どもたちもニコルが大好きだった。しかし、彼女は不満だった。暗記して復唱することばかりに力を注ぐ教育システムに、息苦しさを感じていたのだ。

やがて彼女は、子どもたちの創造力と知的好奇心を伸ばす一連のゲームをつくりだした。自分の考えたものによって、子どもたちがよりよく学び、成長することを確かめられた。うれしかった。でも次第に、一度に二十人から二十五人ほどの子どもにしか教えられないことに物足りなさを感じるようになった。そのうえ、当時の給料では食べていくのがやっとだった。

「〈とてつもない成功を収めるための第一の法則〉はもうごぞんじでしょ?」。ニコルはジョーに訊いた。

「あなたの本当の価値は、どれだけ多く、受け取る以上のものを与えるかによって決まる」。ジョーが答えた。

「たいへんよくできました。花マルね。でも、そうしたからといって、必ずしも収入が増えるというわけではないんです」

彼女がそう言うのを聞いて、ジョーはほっとした。前の日にエルネストがこの法則を説明したとき、自分も同じことを考えたからだ。

「第一の法則は、あなたにどれくらい価値があるかを決めるものです。つまり、あなたが成功する可能性、どのくらい収入を得る可能性があるかを決める。でも、あなたが実際にどのくらい収入を得られるかを決めるのは、第二の法則なの」

ニコルはある日、ひとりの生徒の父親と面談した際に、自分がつくったゲームを子どもたちが楽しんでいること、それによって教育効果も上がっているらしいことを話した。その父親がソフトウェアのエンジニアであることを知っていた彼女は、そのうえで、このゲームをソフトウェア化する仕事を引き受けてもらえないかと頼んだ。彼は承諾してくれた。

翌週、ニコルはそのエンジニアとまた会ったが、今度は別の生徒の母親で、マーケティングと広告の小さな会社を経営している女性も連れていった。三人が一緒に会社を立ち上げたのは、それから数日後だった。

このときニコルは、友人の友人を通じて、〝コネクター〟としてしか知らない人物から、元手になる資本金を貸してもらった（また〝コネクター〟だ！　とジョーは思った。覚えておいて、あとでピンダーに訊かなくては）。それからたった数年のうちに、生まれたての教育ソフトウェア会社は、世界を股にかけて年間二億ドル以上を売り上げるまでになった。その創業者にしてCEOであるニコルは、全国の学校、在宅学習団体、教育研究者たち向けのコンサルティングも行った。

「〈子どものためのラーニング・システムズ〉を通じて、二千万人から二千五百万人の人生にふれることができる。それこそが第二の法則の核心、収入の法則なんです」。そう言うと、ニコルは続けた。

「あなたの収入は、あなたがどれだけ多くの人に、どれだけ奉仕するかによって決まる」

しばしの沈黙ののち、ニコルはさらにつけ加えた。「言い方を変えれば、あなたの収入は、あなたがどれだけ多くの人の人生にふれるかに比例する」

そのあと彼女は黙ってサンドイッチを食べ終えた。ジョーにこの法則について考える時間を与えたのだ。少し考えたあと、ジョーは自分の考えを口に出した。

「なるほど。ぼくはずっと不公平だと思っていました。映画スターや一流スポーツ選手は恐ろしいほど巨額の報酬を手にする。CEOや大企業の創業者だって、とてつもない額の所得を懐にする。いや、気を悪くしないでください」と、ここであわてて言い足した。

ニコルはいいのよ、というように優雅にうなずいて先をうながした。

「それに対して、たとえば学校の先生のように、すばらしいし気高い仕事をしている人たちが、経済的に十分報われているとは思えない。そんなのはおかしいといつも思っていた。でも、つまりそれは価値だけではなくて、影響力の問題だとおっしゃるんですね」

ニコルとピンダーは、喜びの表情で互いの目を見た。ジョーがこの法則を、こんなに早く理解したことがうれしくてならないようだ。

「そのとおりよ」。ニコルは大きな声で言った。「この法則には二つすばらしいところがある。ひとつは、あなたの収入はあなた自身が決めるということ。額はあなた次第なんです。もしもっと成功したいなら、もっとたくさんの人たちに奉仕できる方法を探す。シンプルでしょう?」

ジョーはちょっと考えてからうなずいた。「で、もうひとつのすばらしいところは?」

「あなたの収入に限界はないということ。だって、あなたが奉仕できる人はいつだってみつかるから。かのキング牧師がおっしゃったとおりよ。『人は誰でも偉大になれる。なぜなら誰でも人に奉仕することができるのだから』。人は誰でも成功できる。なぜなら誰でも何かしら人に与えることができるから、と言いかえることもできるかしら」

ここまでピンダーはジョーをじっと見つめていたが、ついに言葉をはさんだ。「訊きたいことがあるようだね」

ジョーはうなずいてニコルに訊いた。「会社を立ち上げたとき、ソフトウェアのエンジニアのお父さんと、マーケティング会社を経営しているお母さんとの最初の打ち合わせで、二人があなたのアイデアだけ持ち逃げするとは思わなかったのですか？」

ニコルは戸惑ったようだった。「持ち逃げする？」

「つまり、盗むということです。アイデアだけそのまま持ち去って、あなたを仲間はずれにするというような」

ニコルはほほえんだ。「いままでそんなこと考えたこともなかったわ。私の頭にあったのは、三人が力を合わせたらどんなにすばらしいことが実現できるかということだけ」。それからちょっと考え、少し悲しげに笑った。「でも、一時期は、なにもかもいやになったの。収入の法則をようやく本当に理解しはじめたのもそのころだった。事業がどんどん成長していくのに気づいて、自分の手ですべてをぶち壊してしまいたい衝動に駆られたんです。突然、不安でたまらなくなったから」

「どうして？　手に負えないほど大きくなって、歯止めがきかなくなることが怖かったとか？」

　ニコルは笑った。「いいえ、その逆。手に負えないほど大きくなって、信じられないほど成功してしまうんじゃないか、それが不安になったの。私は、世の中には二種類の人間がいると教えられて育ちました。お金持ちになる人たちと、よいことをする人たち。どちらか一方にはなれるけれど、両方いっぺんは無理だと信じていた。お金持ちになる人たちは、他の人たちを利用してお金をためこむ。一方、他人のことを心から気づかい、力を貸そうとする人たち――警官や看護師やボランティア、そしてもちろん教師――はいい人たちで、だからこそお金持ちにはなれないって。もしなったとしたら矛盾してる。少なくとも、私はそう信じて育ったんです」

　ジョーは夢中で訊いた。「で、どうしたんです？」

「私は仕事仲間が必死に仕事をしてるのを見た。どんなにたくさんの子どもたちの人生が変わったかもわかった。そして、自分がそれまで信じてきたことが、私たちの仕事の役に立つどころか妨げになっていることを悟った。だから、考え方を変えようと決めたんです」

「決めた？　それだけ？」ジョーは訊いた。

「そう。決めただけ」

「そんなに簡単にできるものでしょうか？」

「誰にだってできるわ」。ジョーの疑わしそうな顔を見て、ニコルはほほえんだ。

「ジョー、あなたはお話をこしらえたことはあります？」

ジョーは、遊び場のような会議室を見まわし、幼稚園のころを思い出して笑った。「もちろんありますよ。たくさんつくった」

「人生も同じなんですよ。自分でお話をつくればいいの。貧乏になるのも、お金持ちになるのも、自分の決意次第。そう、お話をつくるの、ここでね」。そう言ってニコルは指でこめかみをたたいた。「あとはそれをどう実行に移すかだけ」

ジョーは、土曜日の朝、ピンダーと交わした会話を思い出した。「全力を注いで求めたものは必ず手に入る」

突然、隣の会議室からわーっというどよめきが聞こえてきた。続いて歓声が上がり、笑いと拍手が起こった。

それを耳にしたニコルがほほえんだ。「アジア太平洋地区のマーケティングプランがまとまったようね」

ふと見ると、いつのまにかピンダーが立ち上がって、サンドイッチの包み紙と瓶を片づけていた。ジョーは自然にニコルと握手をし、お礼を言った。

「ジョー、明日は誰と会うのかしら？」

ジョーは問いかけるようにピンダーを見た。

「明日はサムに会うんですよ」

「あら、いいですね。サムのこと、きっと好きになりますよ」

「サムはニコルの主任財務顧問なんですよ。私の顧問もしてもらっている」とピンダーが説明した。

ジョーは、ピンダーがニコルをハグして別れを告げている間、もう一度、部屋を見渡した。イーゼル、フィンガー・ペインティング、粘土、色画用紙、その他幼稚園にあるお道具一式……。そのとき、ひらめいた。

「この人たちもお話をこしらえているんだ」。彼はつぶやいた。「この部屋でお話をつくって、お話に絵を塗り、形をつくりあげ、それを世界中で現実にしている。そして、二億ドルの価値を生み出す！」

彼女はただ言った。自分でお話をつくればいいのよ、と。

第二の法則

収入の法則

あなたの収入は、あなたがどれだけ多くの人に、どれだけ奉仕するかによって決まる。

第6章

とにかく
やってみる

ピンダーを乗せて街から帰る間、車の中はしんとしていた。ピンダーは自宅に着くまでずっと満足げに窓の外の景色を眺めていた。おかげでジョーは自分の考えに没頭することができた。

エルネストとのランチのあとと同じように、ジョーはニコルとの会話をふりかえり、聞いたことのすべてをなんとか理解しようとしていた。

彼女はまだあんなに若いのに、なぜあれほど成功できたのだろう？　単に収入の法則を実行するだけで、あんなふうになれるものなのだろうか？

ピンダー邸の私道に入って車をとめると、玄関前でレイチェルが小さな包みを持って待っていた。ピンダーがさっと車を降りたのに続き、ジョーは開いたドアからレイチェルに声をかけた。

「レイチェル、サンドイッチすごくおいしかったです。どうもありがとう！」

すると、レイチェルは車のそばまで来て、「どういたしまして」と言いながらジョーに包みを渡した。

包みの中身は香りですぐにわかった。あのとびきりのコーヒー豆を、ジョーのためにわざわざ挽いてくれたのだ。

会社に向かって車を走らせながら、ジョーは再び幼稚園の教室さながらの会議室を考案したCEO、ニコルに思いをはせた。そして、いったいどうやって今日中に収入の法則を実行したものかと途方に暮れた。会社に着き、エレベーターの「上」行きのボタンを押し、七階まで上がる間もまだずっと、そのことで頭がいっぱいだった。

第3四半期のレポートを一心不乱に作成していたメラニー・マシューズが、なんとも芳《かぐわ》しい香りに驚いたのは、その日の午後だった。目を上げると、ジョーが淹れたての湯気の立つコーヒーを持っているので、さらに驚いた。

「クリームをほんの少し、砂糖は一つだね」。ジョーはそう言いながら、彼女の机にカップをそっと置いた。

たしかにメラニーはいつもそうやってコーヒーを飲む。だが、それをジョーに言った覚えはなかった。それにしても、なんてすばらしい香り！　彼女はジョーにお礼を言って、一口飲んだ。

こんなにおいしいコーヒーは生まれて初めてだわ。

それから三十分かけて、ジョーは七階の同僚全員に、淹れたてのコーヒーを配ってまわった。同僚とはいっても、それほど知らない人もいれば、一度も口をきいたことがない人もいた。

第3四半期の締切直前、誰もが四苦八苦しているこんなときに、若き野心家がわざわざ時間を割いてコーヒーを淹れてくれた——その事実に誰もが驚き、かつ喜んだ。中には無言でありがとうとうなずきながらも、「こいつ、いったいどうしたんだ？　何か裏でもあるんじゃないのか」と戸惑いを隠さない人もちらほらいた。

ジョーが最後のカップを手にして自分の席に戻ると、ガスが座って彼を待っていた。

「ガス、もう一杯淹れましょうか？」

「ありがとう、いやもう十分」。ガスは椅子に深々と座りなおすと、もの問いたげにジョーを見た。

「そうです」とジョーは言った。「先週、教えていただきましたよね、ピンダー氏の連絡先を。じつは週末、彼に会いに行ったんです」

「なるほど。じゃあこれは、なんというか、宿題みたいなものかな？」

ジョーは肩をすくめた。「まあそんなところですかね。昨日は『どれだけ多くを、受け取る以上に与えられるか』が宿題でした」

「そうか。だからきみは、ジム・ギャロウェイにライバルを紹介してやったんだね」

ジョーは顔を赤らめた。ということは、ガスはあれを聞いていたのか。

「今日は、『できるだけ多くの人に奉仕する』のが宿題なんです」

ガスは小さく笑った。「それでみんなにコーヒーを淹れたってわけか」

「そうです」。ジョーはフロアを見まわした。「これでみんなの第3四半期の売上げが、がぜん伸びますね」

ガスはジョーの顔をまじまじと見つめ、その言葉が冗談だと知った。

「まあ、それくらいしか思いつかなかったんです。それに、ただのコーヒーじゃない。レイチェルのとびきりおいしいコーヒーだし」

ガスはにっこりして、立ち上がった。「あの人に会いに行ってよかったね。で、訊いてもいいかな?」

「ええ。なんでしょう?」

ガスはオフィスを見まわして言った。「みんなにコーヒーを配って、どんな気分だったかい?」

ジョーもガスの視線を受けとめてからあたりを見まわした。「正直に言えば、馬鹿みたいな気がしますね」

ガスはまた笑い、ジョーのほうに身を乗り出した。

「馬鹿みたいに感じるときもある。馬鹿みたいに見えるときだってある。しかし、ともかくやることだよ」

そう言うと、ガスはコートラックからツイードのジャケットを取って帰って行った。

第7章

彼女の正体

翌日、正午にジョーがピンダーの屋敷に行くと、レイチェルが書斎に通してくれた。彼女は今日もコーヒーを淹れてくれたので、ありがたく受け取った。

「老師はもうすぐおいでになります」。そう言って、レイチェルはくすりと笑った。

「あの」とジョーは切り出した。「その呼び名を聞くのは、もう三度目か四度目だと思うけど、どうしてみんな老師って呼ぶのかな。何か意味があるの？」

レイチェルは持っていた小さなトレイを下ろすと、高い背もたれのついた大きなウィングバックチェアにもたれて聞いた。「あの方、おいくつだと思います？」

「さあ、わからない。五十八、九？　いや六十代はじめかもしれないな」

「惜しい」、レイチェルがにっこりした。「七十八歳よ」

「まさか！」

「本当よ。もう七十代後半なの。でも、私が知っている誰よりも若々しい。それにとってもエネルギッシュで情熱的だと思いません？　好奇心も人一倍。いつだって、なんにでも関心があって」

ジョーはうなずいた。

「実際、歳が半分くらいの人よりもいろんなことをなさる。旅行もすれば、さまざまなことにチャレンジしては実現させていらっしゃる。私たちのほうがついていくだけで必死なんです」

「ほんとに？」。ピンダーがそれほどエネルギッシュに活動するタイプとは意外だった。「だって、いつもあんなにおだやかなのに」

レイチェルは笑った。「もちろん、常におだやかでリラックスしていらっしゃいますよ。不安にかられてガリガリ働いたほうが目標が達成できるというものではないでしょう？」

言われてみれば認めざるを得なかった。多くの仕事をこなすには、大きなストレスが伴うのが当たり前だと思っていたが、思い返せば、ストレスでへとへとになっているのに少しも成果が上がっていない人のいかに多いことか。

「ところで、今日はどなたに会うんですか？」

「サムです。財務顧問の」

「ああ、サム」。レイチェルは思い出したように笑った。「きっと好きになりますよ」

たしか誰かもそう言っていた、とジョーが思ったそのとき、「もちろん」という声がした。書斎の入口に、はじけるような笑顔のピンダーがいた。「誰だってサムが大好きですからね」

お話を聞かせるようなその声を聞いたとたん、ジョーはなぜかほっとした。レイチェルも同じらしかった。彼の声を聞くと、誰でもほっとするのだろうか、とジョーは思った。

大きな鉄の門をゆっくりくぐり抜けて、ジョーとピンダーは車で繁華街へと向かった。その道中、レイチェルとの短いやりとりを思い出したジョーは、彼女のことをピンダーに訊いてみた。

ピンダーによると、レイチェルは貧困地区で育ち、家計を助けるためにたった十五歳で働きはじめた。以来、ハウス・クリーニング、庭掃除、電話番、ウェイトレス、ファストフード店の調理場担当、建築現場、家の塗装など、さまざまな仕事をしながら、ようやく大学を卒業した。

仕事の中には好きなものもあったし、そうでないものもあった。だが彼女は選り好みをせずに、どの仕事もまるで好きでたまらないかのように働いた。そんなことができたのは、その仕事が好きだろうとそうでなかろうと、どれも「食べて、蓄えて、奉仕する」ために与えられたチャンスなのだと自分に言い聞かせていたからだという。

「食べて、蓄えて、奉仕する?」。ジョーが口をはさんだ。「標語みたいですね」

「たしかに標語になるでしょうね。この三つは、働く理由としてどんな仕事にも当てはまる。食べるとはすなわち、生きていくための最低限の必要を満たすこと。蓄えるとは最低限の必要を超えて、より人生を広げること。そして、奉仕するとは、自分の周りの世界や人に貢献すること」

それを聞いたジョーは、ニコルがかつて成功が怖かったと言ったのを思い出した。そのときの彼女は「人のためになっていない」と思っていた。

「残念なことに、大半の人は生涯、食べていくだけで精一杯です。そんな中でも少数の人は人生を広げることに関心を持つ。そして、とてつもない成功を収めている人たち――経済的にだけではなく、人生のすべての面で成功しているごく稀《まれ》な人たちは、人に奉仕することだけに全精力を傾けるのです」

食べて、蓄えて、奉仕する。ジョーは三つの言葉を頭の中でくりかえした。その間も、ピンダーはレイチェルの話を続けた。

一年ほど前、近所の書店に本を買いに行ったピンダーは、帰りに店内のカフェに立ち寄った。そこにいたのがレイチェルで、彼女はカフェのマネジャーに昇進していた。

「いま、新しいのを淹れ直しているところなので」とレイチェルは言った。「もしお急ぎでなければ、書店内のどちらかお好きなソファでおくつろぎになっていてください。出来次第そちらまでお持ちしますので」

ピンダーはこの若い女性の心遣いに感心した。そしてコーヒーを飲んでさらに感動した。

レイチェルには、最高においしいコーヒーを淹れる才能がある。それは明らかだった。彼女には、コーヒー豆を選び、ブレンドし、ローストし、挽き、またとない味と香りを引き出す素質があった。優れた職人としての勘で、時間と温度の完璧なバランスがわかるのだ。ドリップマシンに苦い油分が溜まらないように、常にまばゆいばかりに清潔にしておくことも、もっとも純度の高い水を選ぶコツも心得ていた。彼女の淹れるコーヒーは、いついかなるときもおいしかった。いや、そのすばらしさは、おいしいなどという言葉のレベルをはるかに超えていた。

「どうすればそんなにおいしく淹れられるのかと訊かれるたびに、自分には八分の一コロンビア人の血が混じっていますから、と笑って答えるだけでね」とピンダーは言った。

ちょうどそのころ、ピンダー邸では料理人を探していた。それまでいた人が、五つ星ホテルの厨房を任されることになったからだ。ピンダーは、料理ができて、これほどのコーヒーを淹れられるレイチェルに、ぜひとも後任になってほしいと願った。レイチェルもちょうど大学の最終学期を終えたときで、体が空いていた。

彼はその場でレイチェルを後任に決めた。

レイチェルはピンダー邸をひっきりなしに訪れるビジネスパートナーたちの間で、たちまち大の人気者になった。ときにはレイチェルを引き抜きたいとほのめかす人まで出てきたが、ピンダーは、もしそんなことをしたら、もうコンサルティングは引き受けないよと冗談まじりに釘を刺した。それを聞いたあるCEOは、考えこんだ様子でレイチェルの〝有名な〟コーヒーをゆっくり味わってつぶやいたという。「そうですか。なるほど、そういうことなら辛抱しないわけにはいきませんな」

ピンダーは、このオチを言うと大笑いした。つられてジョーも笑いだした。レイチェルの話にはまだ続きがありそうだったが、それはまたの機会に持ち越された。

目的地に着いたからだ。

第8章

影響力の法則

リバティ生命保険金融サービスの支社は、金融街の中心、街でいちばん高くて洗練されたオフィスビルの最上階にあった。

そのビルの大半は、この街有数の投資会社や法律事務所が占めている。リバティのオフィスは二十二階と二十三階、ジョーとピンダーが目指すサムのオフィスは、二十四階すべてを占有していた。

正面玄関を入り、ピンダーが警備員のところで二人の名前を書くと、彼らは見事な内装のロビーへと進み、天井の高いガラス張りのエレベーターに乗った。その縁には繊細な金細工が施され、床にはロイヤルブルーのふかふかのカーペットが敷かれていた。

「保険は景気がいいらしいですね」とジョーがささやいた。

「ここは世界で最高の金融サービス会社の、最高の売上を誇る支社なんですよ」。ピンダーもささやいた。「これから会う人は、その支社の総売上の四分の三以上を、たった一人でたたき出しているんです」

「きみがジョーかい?」。にこやかな白髪の紳士が、両手でジョーの手を握り、勢いよくふりまわした。その声はかすれて、まるでさびついた蝶番《ちょうつがい》がきしんでいるようだ。「もうそろそろ老師が、誰か楽しくおしゃべりできる人を連れてくるころだと思ってたんだ。この人じゃつまらないからね」。サムはそう言って、ピンダーの肩をたたいた。

それから大笑いしてぜいぜいと息を切らすと、二人を豪華な革張りの椅子へと案内してくれた。その間にジョーはあたりを見まわした。広々とした二十四階の空間は、オフィスというより飛行場の格納庫を思わせた。アーチ型の天井と巨大な天窓は、どう見ても六メートル以上ある。奥の壁は二枚の巨大な板ガラスになっていて、街並みの遥か彼方に、息をのむほど美しい西部の山々が見晴らせた。

絶景をもっと見ていたいという衝動をおさえて、ジョーはピンダーとサムの会話に耳を傾けた。

その話によると、サム・ローゼンのキャリアは、保険外交員として悪戦苦闘するところから始まった。しかし年月を経るうちに、いつしか人並みはずれて誠実なビジネスマンという評判を勝ち得るようになり、交渉事や難しい取引のまとめ役として何かと頼られるようになった。そしてついには、社内のトップセールスマンとしての地位を確立した。その後はさらに仕事の幅を広げ、厳選された顧客だけを相手に、財務顧問としてあらゆるアドバイスをするようになった。

六十代になると、サムは再びギアを入れ直した。非営利団体、とくにホームレスや食べ物にも事欠く困窮した人々のための団体との仕事を始めたのだ。今日では、この州随一の慈善家になり、世界中の慈善活動の代理人として大きな契約交渉をまとめることに人生のほとんどをあてているという。

「三十年ちょっと前に初めて出会ったとき、この人はすでにひとりで四億ドルを売り上げていた。会社が始まって以来、これほどの数字をたたきだしたのは彼だけなんですよ」と、ピンダーがつけ足した。

「世界一の保険外交員だったんでしょうね」。ジョーは思い切って発言した。

「うん、そうだったろうね」。サムはそれに同意したあと、こう言った。「でも、かけだしのころは最低でね。保険を売りこむことだけを目標にしていたころは、まったく成績が上がらなかった。仕事を始めてしばらくの間は、ひっくりかえった亀のようにじたばたするばかり。それがなぜ好転し、すべてが順調にいくようになったか、教えてあげようか」

ジョーは人差し指を立てた。「当ててみましょう。どうすれば、受け取るよりも多くを相手に与えられるか、と考えるようになったからじゃないですか？」

「それもあるね。たしかに、自分が手に入れることよりも、人に与えることに力を入れるようになったら、すべてがうまくまわりはじめた。それが始まりにはちがいない。だが、私のやっているような仕事では――じつはどんな仕事でも同じなんだが――いかに人脈をつくるかも覚えておかなくちゃならない」

サムはジョーの目を見すえた。「人脈、という意味がおわかりかな？」

それなら自分が知り尽くしていることだ、とジョーは思っていたのだが、不意にそう訊かれると、思わず首を横に振って言った。

「いいえ――いえ、わかっているつもりです」。それから一瞬ためらって、「でも、本当はわかっていないのかな」と弱々しく言い足すと口をつぐんだ。

サムの目が興奮に輝いた。「今回も老師の言ったとおりだ。きっときみが好きになると言われたんだ」

赤面するジョーにかまうことなく、サムは続けた。

「人脈というのは、必ずしも顧客や依頼主だけのことではない。私が人脈というときそれは、きみのことを知っていて、きみのことが好きで、きみを信頼する人たちを指す。そういう人たちは、きみから直接何かを買うことはないかもしれないが、きみのことをいつも心に留めておいてくれる」。サムは身を乗り出して、さらに熱っぽく語った。「この人たちは、きみが成功するために、個人として力を貸してくれる。それはもちろん、きみもその人たちに同じことをするからだがね。まあ、言ってみれば、きみの個人的なファンクラブができるようなものだ」。そしてこう言った。

「個人的なファンクラブができたら、紹介される人や仕事が次から次へと押し寄せてきて、さばききれないほどになる」

これまでジョーは、自分は人脈づくりにかけては名人級だと自負してきた。だが、いまサムの話を聞いて、自分の取引先や情報源を洗いざらい思い出し、見直してみるとどうか。自分の人脈は、個人的なファンクラブと言えるだろうか？自分の知っている人たちは、ぼくが成功するために、個人として力を貸してくれるだろうか？

そうだと言える人が、一人でもいるだろうか？

サムは、今度は物静かな調子で話しはじめた。「どうすればそんな人脈がつくれるか、知りたいかね？」

ジョーは目を上げ、サムの視線をとらえた。「はい」

サムはジョーを見すえて言った。「得点をつけないこと」

ジョーは困惑した。「そ、それはどういうことですか？」

サムは深々と座り直した。「言ったとおりだよ。収支を追わないこと。ポーカーならいざしらず、人脈は得点計算ではつくれない。『ウィン・ウィン』というのは知っているだろう？」

ジョーはうなずいた。「常に自分も相手も得をする結果が出る方法を探すということですね」

「そのとおり。それはいいことだ——理屈の上ではね。しかし、現実はどうか。たいていの場合、〝互いに有利〟と言いながら、裏では得点を計算している。つまり、誰もが互角というのは、誰にも得をさせたくないということでもある。五分五分ということだね。今回はきみに得をさせてやったから、次は借りを返してくれよ、というわけさ」。サムは嘆かわしいというように首を振った。「人間関係の前提が——ビジネスでも他のなんでもだが——貸し借りだとすれば、真の友だちにはなれない。取り立て屋になるだけだ」

ふいに、ジョーは先週の金曜日、自分が電話で言ったことを思い出した。「カール、きみには貸しがあったよな！　忘れたとは言わせないぞ。ホッジズの件できみの首がつながったのは誰のおかげだ？」

サムはまた身を乗り出した。「〈とてつもない成功を収めるための第三の法則〉を知りたいかね？」

ジョーは一も二もなくうなずいた。「ええ、ぜひ」

「とにかく相手に気を使うこと。相手の利益になるように気を配ること。相手の弱点を守ってあげること。五分五分なんて忘れること。五分五分ではだめなんだ。勝ちを収めるには百パーセントしかない。相手にとってよいことをすることが自分の勝利だと思うこと。相手が叶えたいと思うことをなんとか叶えるように力を尽くすこと。ウィン・ウィンなどということは忘れて、どうすれば相手が勝てるかだけに集中するんだ。

さあ、では第三の法則を教えるとしよう。それは、影響力の法則だ」

そう言って、サムは続けた。

「あなたの影響力は、あなたがどれだけ相手の利益を優先するかによって決まる」

ジョーはゆっくり復唱した。「あなたの影響力は、あなたがどれだけ相手の利益を優先するかによって決まる」

サムはにこやかにうなずいた。

だが、ジョーはなんと言ったものか迷い、ピンダーに目を向け、それからまたサムを見た。「とても立派な考え方だと思います。でも……いまひとつよくわからない」

サムはジョーの顔を見つめた。「どうしてこれが成功するための法則かがわからない？」

ジョーはほっとしてうなずいた。「ええ、そのとおりです」

するとサムはピンダーの顔を見やり、きみから言ってやってよというように、ジョーをあごで示した。

ピンダーが口を開いた。「なぜなら、相手の利益を優先すれば、いつだって自分の利益も大切にしてもらえるからです。いつでもね。これを賢明な利己主義と言う人もいます。相手がどうしてほしいかに気を配り、それを誠実に実行すれば、自分の欲しいものが手に入る、ということです」

サムはうなずき、ジョーがなんとか理解しようとするのを見守りながら言い添えた。「影響力を高めるものは何かと訊かれたら、たいていの人はどう言うだろうね」

ジョーはためらうことなく答えた。「お金。地位。それからずば抜けた業績の数々、といったところでしょう」

サムはにっこりうなずいた。「たしかにそんなふうに答えるだろう。しかし、それじゃあ話があべこべだ！　お金や地位が影響力を高めるんじゃない。影響力がお金や地位をもたらすのさ」

そして言った。「何が影響力を高めるかは、もうわかったね」

ジョーはどぎまぎして目をしばたたいた。「相手の利益を優先すること、ですか？」

サムは満面の笑みを浮かべた。「そう、そうこなくちゃ」

ジョーはピンダーに従ってエレベーターに乗った。二人とも無言で並んでドアが閉まるのを見つめている。エレベーターが下りはじめると、ようやくピンダーが口を開いた。「サムをどう思いました？」

「驚くべき、すばらしく魅力的な方でした」

「なるほど。魅力的ですか」。ピンダーはその言葉について考えているようだった。

「ニコルはどうです？　彼女も魅力的だと思いますか？」

「もちろん。これまで会った中で、最高に魅力あふれる人の一人です」

ピンダーはジョーの目を見て訊いた。「では、彼女はどうしてそんなに魅力があるんでしょうね」

ジョーは考えこんだ。彼女はどうしてそんなに魅力があるのか……「わかりません。あの人は、ともかく魅力的なんです」

ピンダーはにっこりした。「サムみたいに？」

魅力的な若い先生と、しゃがれ声の老練な財務顧問。どこにも共通点などなさそうだ。でも、考えてみると、どういうわけか二人はよく似ている。あの二人だけではない。「そうだ。エルネストも、それに……」、あなたも、と口走りそうになったが思いとどまった。ジョーはピンダーを見つめた。「いったいどういうことなんですか？　あなたはごぞんじなんでしょう？」

チン。エレベーターが一階に着いた。ドアが開くと、ピンダーはジョーに「お先にどうぞ」とジェスチャーで伝えた。大理石と鋼鉄とガラスでできた豪華なロビーを歩きながら、ピンダーはたったひとこと言った。

「与えること」

「えっ？　与えること、ですか？」

「それがみんなの共通点ですよ」。ピンダーは横目でちらりとジョーを見てほほえんだ。「何が人を魅力的にするか、考えたことがありますか？　正真正銘の魅力、人を引きつける力を生むのは何か」。ピンダーが大きなガラスのドアを押すと、二人は暖かい九月の陽射しを浴びた。「彼らは与えることが大好きなんです。だから魅力的なんですよ。人に与える人は、人を引きつけるのです」

そこから二人は黙ったまま、ジョーの車へと歩いた。「与える人は、人を引きつける」。ジョーは頭の中でつぶやいた。「だから、影響力の法則が成功を呼びこむのか。この法則が人を魅了するからなのか」

第三の法則

影響力の法則

あなたの影響力は、あなたがどれだけ相手の利益を優先するかによって決まる。

第9章

妻の恋文

その日の午後、ジョーが会社に戻ると、オフィスは大騒ぎになっていた。コンピュータ・システムが数分間ダウンし、再びネットワークにつながるまでの間に、三日分の取引報告書と通信内容が失われた。誰もが半狂乱でファイルを引っ張り出し、プリントアウトを見ながら、なくなったデータをシステムへ入力し直していた。

同僚たちと一緒に書類の山に猛然と取りかかっているうちに、ジョーの頭の中からは、サムやピンダーのこと、それから影響力の法則のことも消え失せてしまった。

ようやく書類でいっぱいのブリーフケースを閉じたときには、もう七時近かった。ジョーはうめきながら重いカバンを持ち上げ、エレベーターへと向かった。疲れきった体を車のシートにあずけたときも、頭はまだ仕事のことでフル回転していた。そして二十五分後、気がつくと自宅に着いていた。

ジョーは車をとめ、そのまま座ってエンジンの冷えるチリチリという音を聞いていた。車のように、頭の回転も止めるキーがあればいいのに。ここ数日、昼休みごとに〈とてつもない成功を収めるための法則〉を学んでいるが、単なる時間の無駄ではないだろうか？　これまで教わったことによって、是が非でも達成しなければならない第3四半期の目標に少しでも近づいたと言えるだろうか……。

郊外のぱっとしないメゾネットマンションのエントランスを見つめながら、ジョーは思わずため息をついた。

スーザンは一時間も前に帰宅しているはずだ。自分と同じように働きづめでくたくたにちがいない。

室内に入ると、スーザンはキッチンにいてオーブンから何かを取り出しているところだった。自分の帰りが遅かったことについて訊きもしないし、夕飯がすでに少しパサパサになりかけていることもどうでもよさそうだった。あまりにも疲れているので、すべてがどうでもかまわないのだろう。彼女の全身がそのことを雄弁に語っていた。

気の抜けた夕食の間、短い会話を交わし、食事が終わると、スーザンがいつものようにキッチンを片づけながら愚痴を言いはじめた。ジョーは壮大なリバティのオフィスビルでのことを話したかったが、このぶんではどうせ聞く耳を持たないだろうとあきらめた。

先週の土曜日、家に帰ってピンダーの第一印象を話したときは、スーザンも興味を持って聞いてくれた。しかし、月曜の夕飯時にエルネストのことを話しかけると、「その人が本当にオーナーなの？」と言っただけだった。彼女はそのあとも何度か同じことを聞いただけで、それ以上突っこんだ話には興味がないようだった。そして昨日。ニコルの幼稚園さながらの会議室の話をしはじめると、スーザンは呆れ顔で「まさかそんな」と言っただけだった。話はそれで終わった。

ジョーとスーザンには暗黙の了解のようなものがあった。二人ともストレスの多い仕事をしていて、帰宅しても仕事のことが頭から離れない。結局、少なくとも一、二時間は持ち帰った仕事をすることになる。そんな二人の間の暗黙の了解とは、「お互いに愚痴は三十分以内にやめる」だった。

しかし、今夜のスーザンはすでに三十分以上愚痴りつづけていた。ジョーはベッドの端に腰かけて、部屋を行きつ戻りつしながらしゃべりつづけるスーザンになんとか寄り添おうと精一杯の努力をした。内心ではまたため息をつき、彼女の気を少しでも楽にしてやるにはどうすればいいのだろうと思いながら――。

突然、スーザンが何かを言いかけてためらい、ジョーを見つめていることに気づいた。

「ごめんなさい」。彼女は静かに言った。「もうこんな時間だわ……」疲れきったため息がもれた。「私ってダメね、愚痴を言い出すととめどがなくて」。スーザンはそう言うと弱々しくほほえもうとした。「あなただってまだ仕事があるのに」。そして背を向けると、自分に言い聞かせるかのように続けた。「私の愚痴ばかり聞いてもらっちゃって」

ジョーは何か言おうとして、口を閉じた。

「私の愚痴ばかり聞いてもらっちゃって」……。何か思い出せそうだが、なんだったろう？　それに、これはとてもよくないと感じるのはどうしてだろう？　五分五分ではだめ……そうだ、サムの言葉だ！　「今回はきみに得をさせてやったから、次は借りを返してくれよ――それでは友だちにはなれない。取り立て屋になるだけだ」。……自分たち夫婦も取り立て屋になってしまったのだろうか?

そこまで思いをめぐらせたとき、ジョーは思わず口に出して言った。「いや、スーザン待って。全然かまわないよ」

彼女はふりむいてジョーを見つめた。

「いいから続けて。何があったか聞きたいから。本当だよ」

スーザンは一瞬、まるで重力の法則が嘘だったと言われたかのような顔をしてジョーを見つめた。「本当に?」

「うん。だって、ずいぶんひどいことがあったようだから。で、どうしたの?」

スーザンはジョーの隣に腰かけ、もう一度、彼を見つめた。

「本当だよ。仕事は後まわしでいい」

するとスーザンは、今日あったことをもう一度ゆっくりと話しはじめた。ある同僚とひどいいさかいを起こしてしまったのだという。何分かしゃべると、また何かを言いかけてやめ、ジョーを見た。

彼はただうなずいて、話の続きを待った。

彼女は背中を枕にあずけ、胸の内をすっかりぶちまけた。このトラブルが、どれほど長い間自分を悩ませてきたか、どうしてこんなに傷ついたか。そして、どうしたらいいのか皆目見当もつかないことや、もう限界であることも。

二十分しゃべりつづけたあと、スーザンは泣きだした。

ジョーは自分に腹が立った。注意して聞いていたつもりだったのに、いくつもの問題や立場に話がおよんでいたので、一体どの問題に彼女が泣くほど悩んでいるのかがわからなかったのだ。スーザンは、何もかもがうまくいっていないようだった。

横になってぎこちなくスーザンの体に腕をまわしたが、彼女は泣きつづけた。ジョーはあいまいな慰めの言葉をつぶやきながら、自分が馬鹿げたことをしているような気になっていた。

ガスはなんて言っていたっけ？　馬鹿みたいに感じるときもある。馬鹿みたいに見えるときだってある。しかし、ともかくやることだよ——。

ようやく、泣き声がすすり泣きに変わり、やがてそれもやんだ。

ジョーは心底ほっとした。自分の言葉も、もしかしたらそんなに馬鹿げてはいなかったのかもしれない。少なくともいくらかは慰めになったのだろう。もしかしたら物思いにふけっているのかもしれない。

「スーザン」、ジョーは言った。「愛してるよ」

返事はない。

「スーザン？」。そっと揺すってみると、彼女は眠っていた。自分の慰めの言葉など何も聞かずに、ただ泣きながら眠ってしまったのだ。

ジョーは無力感に打ちひしがれて、そっと寝支度を整えるとベッドにもぐりこんだ。スーザンの心の痛みを思い、なんとか少しでも力を貸してやれなかったものかという後悔の念でいっぱいになったが、いつのまにか眠ってしまった。

翌朝、ぐっすり眠っていたジョーは、はっとして目を覚ました。そして突然、恐ろしいことに気がついた。昨日の宿題！　なんだったっけ？　サム……人脈……個人的なファンクラブ……

影響力の法則だ！

昨夜は会社から帰って何もする暇などなく、宿題をこなすどころか考えることすらしないまま寝てしまった。

ジョーはうめきながら枕をつかみ、腹立ちまぎれに投げつけようとして、隣にスーザンがいないことに気がついた。時計に目をやると、八時十五分。寝過ごした！　スーザンはこっそり起き出して、自分には声もかけず、起こしてさえくれずに出かけてしまったのだろう。

ジョーはまたうめいた。せっかくのピンダーのレッスンをふいにしてしまったうえに、会社には遅刻、おまけにスーザンは自分に心底腹を立てているらしい。

「スリー・ストライクだな」。ジョーはひとりごちた。

頭の中で、ピンダーの言葉がこだました。「条件を実行しなかったときは、その時点で翌日からの約束は取り消しです」

ジョーはやっとの思いで起き上がると、沈んだ気持ちのまま、ブレンダに電話してピンダーとの今日のランチをキャンセルしなくてはと考えた。

だがそのとき、スーザンの枕の上に小さなメモが置かれているのに気がついた。紙は半分に折られ、上にはたったひとこと、こう書かれていた。

「愛するジョー」

スーザンがこんなふうに言ってくれるなんて、何年ぶりだろう？　そういえば、手紙をもらうのも久しぶりだ。彼はメモを手に取って開いてみた。

愛するジョー
起こさずにすんでいればいいんだけど。今朝は特別ゆっくり休んでもらいたいわ。昨夜は、うんざりするほど私の話につきあってくれたから……
ほんとうに、ありがとう。
あなたの心の広さに感謝しています。

心の広さ？　ジョーは続きを読み進めた。

こんな気持ちになるのは初めて。こんなに誰かに話を聞いてもらえたのも。
こんなに真剣に耳を傾けてもらえたのも。
愛してるわ。
スーザン

ジョーは戸惑った。こんなふうに言われるようなことを自分はしただろうか？
どこかに答えがないかと、もう一度、手紙を読み返してみた。

あなたの心の広さに感謝しています。
こんな気持ちになるのは初めて。こんなに誰かに話を聞いてもらえたのも。
こんなに真剣に耳を傾けてもらえたのも。

ジョーは信じがたい思いで顔をこすった。スーザンは愚痴をこぼしたかったわけじゃなかった。ただ、ジョーに話を聞いてほしかったのだ。真剣に耳を傾けてほしかったのだ。

突然、さびついた蝶番がきしむようなあのしゃがれ声を思い出した――得点をつけないこと。ジョーは笑いだした。

宿題は終えていたわけだ！

第10章

本物の法則

「どうでしたか？」。街まで車を走らせて十五分、その日二人の間で交わされた最初の会話だった。

仕事のことだけで頭がいっぱいだった昨夜と同じように、今日はスーザンの手紙と、彼女が泣きじゃくりながら語った悩みのことが頭から離れなかった。ピンダーに質問されたときも、ジョーはぼんやりしていた。

「何かおっしゃいましたか、会長？」。初めて会って以来、まさか自分がピンダーを「会長」と呼ぶとは思ってもいなかった。

「第三の法則を実際にやってみてどうでしたか？　どんな気持ちがしました？」

これまでピンダーが、「宿題」について何か尋ねたことや、「条件」を守っているかどうか確かめたことがなかったことに、そのとき初めて気がついた。

ではどうして、今日にかぎってそんな質問をするのだろう？　横目でピンダーの表情をうかがったが、自分を疑っているとは思えない。ただ単に知りたかったから訊いただけなのだろう。「きっと、ぼくに何かが起きたことがわかったからなんだ。何か、とても大事なことが」とジョーは思った。

「大丈夫でした。と言うか、おそらく大丈夫だろうと思います。正直に言えば、よくわかりませんが」

ピンダーは、それでもうすべて了解したというようにうなずいた。

「このレッスンは、仕事に使えるばかりではないんですよ。本当にしっかりしたビジネスの原則は、人生のあらゆる面で活かせる。友情、結婚生活、ありとあらゆることに。金銭的な状況がよくなるかどうかだけではなく、人生のすべてがよくなるかどうか、そこが肝心なところです」

「そんなことは、いままで考えもしませんでした」

「考えてみるといいと思いますよ」。ピンダーは横目でジョーを見た。「前にも言ったでしょうか、妻と私は結婚してから、そろそろ五十年になる」

「五十年」。ジョーはくりかえした。この人たちの結婚生活は、自分の人生の二倍近くにもなるのか。

「時代遅れに聞こえるかもしれないが、聞いてもらえますか」。ピンダーは、ジョーが話についてきているのを確かめるように、もう一度横目でジョーを見た。

「ええ」。ジョーはうなずいた。

「私たち夫婦が長年連れ添って、いまでも四十八年前と同じように……いや、じつはいまのほうがもっと幸せに暮らしている理由はたった一つ。それは私が、妻が幸せでいることを、自分自身が幸せであることよりも大切にしているからです。妻と出会って以来、彼女を幸せにしたいということだけが私の望みだった。そして、じつにすばらしいことに、妻も私に同じことを望んでいるようなんですよ」

「もしかしたら、それは互いに相手に依存しすぎていると言う人もいるかもしれないですね」。ジョーはあえてそう言ってみた。

「なるほど、そう言う人もいるかもしれないが、私がそれをなんて呼んでいるかわかりますか？」

「幸せ？」

ピンダーは笑った。「そう、もちろんそう。でも私は、それを成功と呼びたい」

成功か。それを聞きながらジョーは、スーザンとの結婚生活は、いったいいつから喧嘩と妥協のくりかえしになってしまったのだろうと考えた。「五分五分ではだめなんだ」……

「サムが人脈について言っていたのと同じですね」

「まさしく」。ピンダーがフロントガラスの先を指差した。「さあ、着いた」

目の前に巨大なホールがそびえ立っていた。その地下の駐車場に車を入れた。

今日は、ある年次セールス・シンポジウムの基調講演者の話を聞きに来た。そのシンポジウムはこの街最大のイベントのひとつで、全国から参加者が集まる。といっても今日の講演者は地元の住人だった。デブラ・ダベンポートという女性だ。

会場は満席だったが、ピンダーは大ホールの後ろに二人分の席を予約してあった。ジョーは聴衆の多さに感心した。ざっと見積もっても三千人を超える人々が、この人の話を待っているのだ。

期待は裏切られなかった。シンポジウムの司会者が称賛に満ちた短い紹介を終え、デブラが舞台中央にあがると、聴衆は総立ちで拍手喝采した。彼女は人々が拍手を終えて着席するのを、やさしい物腰で待っていた。

「十二年前、四十二歳になったとき」。デブラは話しはじめた。「私は誕生日に三つのプレゼントをもらいました」

「一つめは親友からで、庶民的デパートJ・C・ペニーの百ドルのギフト券でした。当時の私にとってJ・C・ペニーは最高の店でした」。デブラはそこで話を止めると、会場を隅から隅まで見渡して身を乗り出し、ここだけの話だからよそでは言わないでね、とでも言いたげなポーズをとった。「じつはね、J・C・ペニーは私にとって、いまだに最高の店なんです」

この言葉に会場はどっと沸き、拍手も起きた。彼女はにっこりすると、静かに静かに、と手真似で伝えた。

「だって、ファッションに高いお金をかけても、翌年にはどうせ流行遅れになってしまうんですよ。そうでしょう？　それにね、女性のみなさん」と言って、人差し指でポンポンとこめかみをたたいた。「私たちをきれいにするのは、この中に詰まっているものであって、身にまとうものではないでしょ？」

また会場に笑いと拍手が走った。

「たった六十秒で、あの人は聴衆全員を味方にしてしまった」。ジョーは舌を巻いた。

デブラは続けた。

「二つめは、うちの三人の子どもたちからでした。みんなでお金を出しあって、ママに一日中ゆっくりしてもらおうと、市内のスパに全費用込みで招待してくれたんです。しかも高級スパに。丸一日よ！　おまけに、お金が余るように計画して、そのぶんでベビーシッターまで頼んでいたんです。さらに……」と、ここで彼女は一瞬、感極まって声を詰まらせた。「さらに、私に悟られないように、前もってベビーシッターに電話して、一日中いてくれるように頼んでいたのです。私は隠しごとをかぎつける名人です。その私にわからないようにやってのけたなんて、驚くべき管理能力とスパイ並みの悪だくみ力による奇跡でした」

客席が温かな笑いに満たされた。

「そして三つめは、夫からのプレゼントでした。これにはいちばん驚かされました。この日、彼は生涯忘れられないモーニングコールをくれたのです……その日、彼は家を出て行って、それきり二度と戻ることはありませんでした」

聴衆がはっと息をのむのがわかった。

「このプレゼントの包みをとき、理解し、使うことができるまで、まる一年はかかりました」

彼女は客席を見渡した。前のほうだけでなく、客席を埋めつくした聴衆の一人ひとりと目を合わせているのがわかった。

「今日は、そのプレゼントを、みなさんにおすそ分けしたいと思います」

それからの十五分、彼女は自分の物語を語って聞かせた。

四十二歳で突然夫に去られ、三人の子どもを養っていかなければならなくなったデブラは、それまでただの一日もふつうに会社勤めをした経験はなかった。ずっと専業主婦兼母親として忙しく働いて、家庭を切り盛りしていたのだ。だが、すぐにわかったのは、それまで二十数年やってきたことの中で、社会で売りものになる能力はひとつもないということだった。

「どの会社に応募しても、歳はとりすぎているし、資格は足りませんでした」

そこで一念発起した彼女は、夫が出て行ってからの数ヶ月間、宅建取引主任者になるための勉強をした。飲みこみは早く、最初の試験で合格した。それから八、九ヶ月の間は、会社の先輩たちからのアドバイスや指導を身につけることに精を出した。

「この期間に、あらゆる販売手法と、お客さまに購入を決意させるクロージングのテクニックをたたきこまれました。単純型契約、かけひき型契約、グッドタイミング型契約、お試し期間あり型契約。それから、ほめ殺し型契約、ご予算ぎりぎり型契約、いまが買いどき型契約、いま買わないと損型契約、ごきげんとり型に買わないのは損型契約。こんなふうに、いまでもアルファベットのAからZまで、どれを頭文字にしても契約法が言えますよ」

それからデブラは話をやめて、客席を見渡すと大真面目な面持ちで言った。

「あら、信じていただけてないのかしら」。最前列のほうで笑いの渦が広がった。たぶんデブラのファンたちは、ここからが彼女の真骨頂だとわかっているのだろう。

「ええと、なんだったかしら……」と言うと、デブラは指を折って数えはじめた。「強引型（Assumptive）契約、特典型（Bonus）契約、特権型（Concessin）契約、目くらまし型（Distraction）契約、情緒くすぐり型（Emotion）契約、将来性型（Future）契約……」。最前列の聴衆が、アルファベット順に言われるたびに、拍手で合いの手を入れはじめた。

「結果誘導型（Golden Bridge）契約、ノリで買わせる型（Humor）契約、知能型（IQ）契約、ジャージー・シティ型（Jersey City）契約……」。ついに客席の全員が手拍子をしはじめた。「殺人条項型（Kill Clause）契約、レバレッジ型（Leverage）契約、お金がすべてじゃない型（Money's-Not-Everything）契約、いまがチャンス型（Now-or-Never）契約、オーナーシップ型（ownership）契約、お試し型（Puppy Dog）契約、質で勝負型（Quality）契約、逆転型（Reversal）契約、行列待ち型

（Standing-Room-Only）契約、それならいいんですよ型（Takeaway）契約、お買い得型（Underpriced-Value）契約、虚栄心くすぐり型（Vanity）契約、好機到来型（Window of Opportunity）契約……」、そこで大きく息を吸った。「色じかけ型（Xaviera Hollander）契約、女の友情型（Ya-Ya sisterhood）契約、そして、女優ザ・ザ・ガボール型（Zsa Zsa Gabor）契約！」

「ほらね、契約法なら任せて！」

手拍子は満場の大拍手に変わり、誰もが笑顔で彼女の華麗なパフォーマンスを讃えた。彼女は両手を上げて瞳を輝かせ、笑いと拍手がやむのを待った。

「さて、それでどんな結果になったか。一年たっても私は一件も、たった一件も契約を取れませんでした。心底いやになりました。失敗ばかりの絶望的な日々のすべてがいやでたまらなくなった」

客席は一転して静まり返った。

「その木曜日、私は四十三歳になりました。ある親友が誕生日のプレゼントに、セールス・シンポジウムのチケットを買ってくれました。本当は行く気になれなかった。でも彼女は親友だったので」と言ってにっこりした。「いまでもそうですけど」。デブラが客席の最前列に輝くような笑顔を向けた。そこに、当の親友が座っているのだろう。「いやとは言えないでしょう？　恐ろしいほど説得上手だったし」。最前列の聴衆が爆笑したので、やっぱり、とジョーは思った。

「それで、シンポジウムに行ったわけです」。そう言うとデブラは、自分がいまここにいる理由にようやく気づいたかのように、聴衆を見まわした。

「そうです、まさにこのシンポジウムでした。私はいまみなさんがおかけになっているその場所にいたんです。ちょうど今日みたいな九月の木曜日の午後に。

その年の基調講演者のことはぜんぜん知りませんでしたが、その人は、自分が売るものの価値を高めることの大切さについて話をしました。こういう教えでした。『何を売るにしても、たとえばどこでも売っているありふれた生活必需品でも、不動産でも、保険でも、ホットドッグであっても（彼女が言っているのが自分の隣に座っている人のことだと気づいて、ジョーはぞくぞくした）、どんなものであれ、価値を高めることで抜きん出ることができます。もしお金が必要なら、価値を高めること。たくさんお金がいるなら、たくさん価値を高めることです』

その人がそう言うと、まわりの聴衆は笑ったけれど、私はちっとも笑えませんでした。ずっと後ろのほうの席に座って、自分のひどい人生を嘆いていたからです。でもどういうわけか、勇気を出して手を挙げることができました。講演者はすぐに私をみつけて、『はい、その後ろの席の女性の方』と言ってくれました。私は立ち上がって、こう訊きました。『早くお金が必要なときはどうすればいいでしょう？』。すると彼はにっこりとうなずいて言いました。『それなら、早く価値を高める方法を探すことです！』」

会場に静かな笑いのさざめきが広がった。

「みなさん、まあ聞いてください。その週末中、私はその人から言われたことの意味を考えました。必死になって。買い手市場の不動産業界で、何をやってもうまくいかない仲介人の私が、いったいどんな価値を高めることができるのかって。

そして日曜の夜、ようやくわかりました。私に高められる価値など何ひとつないということが。

取り柄のない、取るに足らないデブラ・ダベンポートが高めることのできる価値なんてひとかけらもない。一年間やってみて、自分にはプロとしての価値などまったくないことがわかった。クライアントに差し上げられるものは、ほんとに何ひとつなかったんです。

――その日曜の夜、心を決めました。辞めどきだな、と」

デブラはここで口を閉ざした。「私はただ……」と続けたがまたためらい、気持ちを抑えようと大きく息を吸った。そしてこめかみを指でたたくと、会場を見まわした。

「この中で起きていたことが、おわかりになるでしょうか？ 夫が出て行ったとき、私の自尊心も一緒に持っていかれてしまったのです」

ジョーは何百人もの頭が一斉にうなずいたのに気がついた。彼女は聴衆の心をわしづかみにしていた。

「夫は私のことを役に立つ人間ではなく、お荷物だと思っていました。労働市場でも、不動産業界でも、私は同じように厄介者でした。自分でも認めざるを得なかった」

まわりを見まわすと、何人もの人が涙ぐんでいた。この女性にひそむ、人の心をつかむ不思議な力はいったいなんなのだろう？

デブラは悲しげにゆっくりと首を振った。

「一年たっても、私はまだ夫からのバースデープレゼントを開けられなかったのです」

それから憂鬱をふりはらうように、短く息を吸いこむと、ふっと吐き出した。

「翌朝、私はデスクを片づけるために出社しました。その日はひとつだけ出向かねばならない予約も残っていました。義務感しかありませんでしたが、私はその見込み客を車に乗せて、物件を見に行きました。『もうこれでおしまい』と自分に言い聞かせながら。もうどうだっていい、という気分でした。それで、どうせなら彼女と一緒にただ楽しく過ごそうと思いました。契約法なんてすべて忘れました。物件の仕様書さえ持って行きませんでした」

そう言って、ダメねえ、というように舌打ちした。

「道すがら、私たちはただおしゃべりしました。どうでもいいようなくだらないことばっかり。売値さえ伝えたかどうか覚えていません。不動産業界史上最低の、プロにはあるまじき、無責任でずさん極まるとんでもないセールスでした」

デブラは腹立たしげに両手を上げた。

「で、どうなったか？　もちろん、そのお客さまは家を買ってくれました」

喝采は一分以上も鳴りやまなかったが、ようやく静まるのを待ってデブラは話を続けた。

「その日、私は学んだのです。それまで母として、妻として、主婦として過ごした人生には、市場で求められるものは何ひとつなかったと思っていたけれど、それは間違いだったと。その月日から、私は別のものを学んでいた。それは、誰かと友だちになる方法であり、人への思いやり方であり、自分を好きになる方法でした。そして、それこそが市場で求められていたことだったんです――これまでも、そしてこれからもずっと。

シンポジウムの講演者は、〝価値を高めることだ〟と言っていましたが、自分の価値を高めるのは、自分自身でしかありませんでした。

そして、どうやら、私に欠けていたのはまさにそれだったのです」

デブラはまた言葉を切り、気持ちを落ち着けるように深呼吸をした。

「それから、何軒かの家を売りました」。彼女がそう言い出すと、聴衆の間に笑いが広がった。ここに来ている人たちは、デブラがどれほどの売上を達成しているかを知っている。「何軒か」というのは、あまりにも控えめすぎる表現なのだろう。

「その後、その家を買ってくれた女性のご主人にも会い、その方が商業不動産関係のお友だちを何人か紹介してくださいました。もうこの仕事は二度とやらないつもりでいたのに、私はここでも間違っていたのです！」

デブラが「お友だちを何人か紹介してくださいました」と言ったとき、ジョーの頭の中に、何日か前からずっと気になっていたのに、いままで忘れていたことがよみがえった。彼はピンダーのほうに身を乗り出してささやいた。「コネクターのことですか？」

ピンダーはにっこりとうなずいた。

「なるほど」。カフェオーナーのエルネストに、数百万ドル規模の商業不動産を売ったのはデブラだったのか。「コネクター」には、いつ会えるのだろう？

デブラの声が響いた。「そして、住宅市場でも商用市場でも、この街でトップの不動産販売者になるという光栄に浴することができたのです」

ジョーの頭はまだ忙しく動いていた。もしそのコネクターが、エルネストとデブラを結びつけ、ニコルの生まれたてのソフトウェア・ビジネスを立ち上げる資金調達に力を貸したとすると……。ジョーは、また身を乗り出してささやいた。

「明日は誰に会うんですか？」

ピンダーもささやいた。「ああ、金曜のゲストですね」。そして、ひとりうなずいた。「金曜のゲストは会ってのお楽しみです」

「もしかして、コネクターじゃないですか？」とジョーは訊いた。「とうとう、コネクターに会わせてもらえるのでは？」

ピンダーはただほほえみ、それ以上何も言わなかった。

「そしてここ数年は……」、デブラの話は続いていた。「今日お集りのみなさんのような方々の前でお話をするために、全国を飛びまわっています。私はどこでも同じことを申し上げています。今日ここに来たのも、家よりもはるかに価値のあるものは何かをお伝えするという、大きな責任と名誉があるからです。

私がお伝えしたい、何よりも価値のあるもの、それはあなた自身です。

どうか覚えておいてください。どんなトレーニングをし、どんなスキルがあり、どんな分野の業務に就いているとしても、あなた自身こそが、何よりも大切な商品なのです。あなたが提供できる何よりも貴重な贈り物、それはあなたです。

どんな目標を設定するにしても、それを達成するのに必要な専門知識や技術的スキルは……最高でも十パーセントです。残りの九十パーセントは、人間としてのスキルです。

　では、その人間としてのスキルの基本とはなんでしょう？　人を好きになれること？　面倒見がいいこと？　聞き上手であること？　たしかにそういうことも役には立ちますが、肝心かなめというわけではありません。いちばん大事なことは、あなたがどういう人かということです。そう、すべてはあなた自身から始まるのです。

　誰かの真似をしたり、誰かに教えてもらったやり方や行動をしても、それでは本当には人の心に届きません。あなたが人に与えることのできる何よりも貴重なものは、あなた自身です。あなたが何を売っているつもりであっても、じつは、本当に売っているのはあなた自身なのです」

　デブラは会場の後ろのほうを見た。そして、その目が自分を見つめていることに気づいて、ジョーは驚いた。少なくともジョーにはそう感じられた。

「人と接するすごい力を身につけたいですか？」。彼女はまるで親友に打ち明け話をするように、客席のほうに身を乗り出して訊いた。

「人と接する力を身につけたいですか?」。彼女はくりかえした。「それなら、自分らしくいることです」。そして再び聴衆一人ひとりの顔を見まわした。「できますか? やってみていただけますか?」

もう一度、左から右へと視線を動かしながら、デブラは大勢の聴衆の一人ひとりと目を合わせた。

「これまでに編み出された、あるいはこれから開発されるどんな契約テクニックよりも一万倍も価値がある秘訣——それは、本物のあなた自身であることです」

いったいこの女性はどうしてこんなに聴衆を魅了するのだろう、と不思議に思ったのをジョーは思い出した。しかしいま、その答えがわかった気がした。

押し黙ったまま駐車場を出て、迷路のような繁華街を走り抜けた。この何日か、ジョーはさまざまなことを考え、これまでの自分の仕事のしかたを大いに反省した。そこへ、デブラの放った一言。心の準備ができていなかった彼にとって、それはまさに衝撃だった。

本物のあなた自身であること。

スフィンクスのように無表情で考えの読めないピンダーの顔をちらりと盗み見ると、ジョーはまた前方に視線を戻した。

「先週の土曜、ぼくがどうしてあなたを訪ねたかわかりますか？」

ピンダーはうなずいた。「成功する方法を知りたくてたまらなかったからでしょう。そう、本物の成功を」

ジョーは一瞬ためらったが白状した。「じつは違うんです。そうじゃなくて本当は……」

ピンダーがじっとジョーを見すえている。その目は真剣だった。「本当は？」

ジョーは息を吸った。「あなたに好印象を与えたかったんです。あなたの信頼を得て、できれば……じつは計画までしていたんですが……ぼくがものにしようとしている契約を勝ち取るのに力を貸してもらいたいとお願いするつもりでした。あなたの財力と人脈、それに……」ジョーの声はほとんど聞きとれないほど小さくなった。「あなたの強烈なパワーを借りて」

とうとう、すべてを言ってしまった。そもそもなぜピンダーに会いに行ったのか。BK。強烈なパワーと人脈。

ジョーはいままでピンダーが怒ったのを見たことはなかった。もちろんいまだって見たくはない。が、もう一度息を吸いこむと、勇気をふりしぼって向き直り、彼の目を見つめた。

「愚劣な動機でした」

しかし、ピンダーはおだやかに言った。「いや、少しも愚劣ではありませんよ。そこから始めたというだけの話だ。それに、私に会いに来た本当の理由は、決してそういうことではない。それが理由だとあなたが思っているだけですよ」

ジョーはピンダーを見つめた。「じゃあ、本当の理由はなんだったんですか?」

ピンダーはほほえんだ。「成功する方法を知りたくてたまらなかったから。本物の成功のね」

第四の法則

本物の法則

あなたが人に与えることのできるもっとも価値ある贈り物は、
あなた自身である。

第11章

ついに
謎を解く

その日の午後、ガスはジョーに声をかけなかった。考える時間が必要だと思ったからだ。何があったのか、はっきりとはわからなかったが、正直に自分を見つめ直し、膿《うみ》を出す痛みのようなものを感じているだろうことは察せられた。

五時近く、ガスはデスクを片づけて電気を消すと、持ち物をまとめてコートラックにかかっているツイードのジャケットを手にした。そのときだ。

「ガス？」

ふりむくとジョーがこっちを見ていた。「どうした？」

ジョーは物思わしげだった。いや、というより何か深く悔いているようだった。

「ちょっといいですか？」

そう言われて、ガスはジャケットをコートラックに戻した。「いいよ」。そしてジョーの隣の人の席に座ると、腕組みをした。

ジョーはデスクのむこうへまわり、椅子を引っぱってきてガスのすぐ横に座った。

「言わなきゃならないことがあるんです」

口ごもるジョーの次の言葉を、ガスはただ待った。

「あなたはいつもぼくによくしてくれましたよね。入社したてのころから。でも、ぼくはいつもあなたのことを……その、ちょっと世間知らずなんじゃないかと思っていました。なんだか、昔かたぎというか」

ガスはうなずいている。

「あなたにまつわる噂を信じたことはありません。つまり、会社は昔の恩に報いるために仕方なくあなたを雇っているというあれです。もう一方の噂、あなたが恐るべき成功を収めたというほうも信じていませんでした。でも、こっちは本当なんでしょう？　五つの法則、ピンダーの〝与えなさい〟という教え、そのすべてを、あなたは知っているんでしょう？」

ガスは、答える前に一瞬ジョーを見つめてから口を開いた。

「これまでの私は、とても運がよくてね。そう、私もあの石造りの邸宅に行って、今週きみが学んでいるのと同じレッスンを受けた」。ガスは自分の両手を見つめると、ジョーに視線を戻した。「ええと、今日は木曜日か。じゃあ、〈とてつもない成功を収めるための法則〉の四つめを聞いてきたんだね？」

ジョーはうなずいた。「本物の自分自身であること。それを今日中に実行する方法をみつけなければならない」

ガスは考えこんだ様子で唇をすぼめた。「私には、たったいま済ませたように思えるがね」

ジョーはまる一分近く、ガスを見つめた。

そんなジョーをガスは平然と見返してほほえんだ。

「あなたなんでしょう？」。ジョーが静かに言った。「あなたがコネクターなんでしょう？」

ガスは両手をほどき、椅子に深くもたれると、窓の外を見ながら頭をかき、ジョーに視線を戻して「やられたね」と両手を広げた。

「三十五年前、私はピンダーに出会った。それから数年後、サム・ローゼンに彼を紹介した」

「それからまた何年かして、近所にあるなじみのホットドッグスタンドで、二人にほんの何ドルかのホットドッグをおごった。すると、このランチがじつに実り多い投資になった」

ジョーが自分の話を飲みこむのを待って、ガスは先を続けた。

「十年ちょっと前、エルネスト・イアフラーテと彼の奥さんをデブラ・ダベンポートに紹介した。妻に家を斡旋《あっせん》してくれた人だ。私の勘が当たっていれば、たぶん今日は彼女の講演会に行ったんだろう？」

ジョーは呆然としながらうなずいた。

「それからさらに何年かして、何人かの若い友人がソフトウェアの会社を立ち上げたいというのでサムに紹介した。彼が財務についてのアドバイスをしたあと、サムとピンダーと私の三人は、ニコル・マーティンのちょっとした冒険に投資した。エルネストのカフェのときと同じように、その投資もうまくいった」

ジョーがあっけにとられているのに気づいて、ガスは照れたように笑った。

「どういうわけか、ずっと勝ち馬ばかりみつける運に恵まれてね。これまでツキが落ちたためしがない」

そう言うとジョーの目をまっすぐに見つめた。ガスの目を見返したジョーは、彼が「きみもそんな〝勝ち馬〟の一頭なんだよ」と言っているのがわかった。それから、ガスの成功がツキや運にはまったく関係ないことも。

「でも……まだよくわからない」。ジョーはつい本音をもらした。「こんなことを訊くのは失礼だけど、あなたは大富豪なんでしょ」

ガスは、それまで見せたことのないような強い視線を返して言った。「きみにだけは教えよう。きみなら絶対に他人にはもらさないだろうからね。私の資産総額は――」

ジョーが身がまえると、ガスが金額を告げた。

ジョーは足が震えた。「それなのに、なぜまだここで仕事を？　そもそも仕事なんかする必要なんかないでしょうに」。でも次の瞬間、ガスが答える前にジョーは片手で制した。「いや、言わないで。わかりました」

彼は、ガスのとりとめのない長話や、見込み客に対する余裕ある態度、それに突然の長期休暇などを思い出してにっこりした。

「あなたは、ただ好きなんですね。人と話し、質問をし、いろんなことを知り、どうしたら相手の助けになれるかを考え、相手に尽くし、必要を満たし、資産を分かちあうことが……」

ガスは立ち上がってぶらぶらとコートラックのほうに歩いていった。そしてツイードのジャケットを手にすると、ジョーにウィンクした。「年寄りにだって、ちょっとは楽しみがなくちゃね」

エレベーターに向かうガスの背中に、ジョーはほほえみながら呼びかけた。

「明日のランチ、楽しみにしています」

すると、ガスは戸惑った顔でふりかえった。「ランチ？」

ジョーは笑いだした。「いや、わかってますよ。あなたが『コネクター』ですよね？　だから、明日のピンダーとのランチで会うのはあなたのはずだ！　あなたが金曜のゲストでしょ」

「ああ、金曜のゲストね」。ガスは小さな笑い声をあげた。「私は違うよ」。そしてまた笑うと、エレベーターに乗りながらつぶやいた。「金曜のゲストか。さぞ楽しいだろうね」

第12章

受容の法則

金曜日の正午ちょうど、ジョーは石造りの邸宅の扉を元気よくノックした。そして曇り空を見上げ、冷たくなった両手をポケットに入れた。九月末だというのに、今日は夏の終わりというよりも、冬のはじめを思わせた。

もう一度ノックしようとしたとき、ドアが開いてレイチェルが現れた。「ジョー！　さあ入って」。彼女はそう言うと書斎に通してくれた。「老師は、急な電話があっていまお話し中です。こちらでお待ちいただけますか？　もうすぐいらっしゃるでしょうから」

ジョーは落ち着いた色調でまとめられたオーク張りの部屋を見まわしながら、革と古びた本の匂いをかいだ。

「今日はおでかけはしないんです」。ジョーが口には出さなかった疑問に答えて、レイチェルが言った。「こちらでお食事をしていただきます」

以前にも何度か説明したことがあるかのような口調でそう言ったレイチェルに、ジョーは言った。「今日は金曜のゲスト、ですね？」

彼女はほほえんだ。「そうです」

「ひとつ訊いてもいいですか?」。水曜日に、ピンダーがレイチェルのことを話してくれたときから、ジョーには彼女に訊きたくてたまらないことがあった。

「ええ、どうぞ」

「ピンダー氏に仕えるのって、どんな感じですか?」

レイチェルは少しためらってからほほえんだ。「ここだけの話ですけど」、彼女はピンダーのウィングバックチェアのひとつに腰をおろした。「何もかも、わくわくすることばかりです」

この石造りの屋敷で働きはじめてから一年の間に、レイチェルはたいていの起業家が一生かかっても学べないような優れたビジネスの技術を身につけた。財務、慈善活動、交渉術、人脈構築、資産管理、リレーションシップ……「言ってみれば、ピンダーの事業の原則を一から十までたたきこまれたようなものです」。彼女はそう言うとにっこりした。

レイチェルはその教えを、自分のいちばんやりたいこと——最高のコーヒーを淹れること——の研究に活かした。

エルネストのカフェで長い間話しあいをしたあと、レイチェルはレストランの仕入れ業務について調べ、業務用のコーヒー豆ロースターやコーヒーミルなどの最高の装置を調達すべく、もっとも信頼できる供給ラインをじっくりと選定していった。

また、世界中のありとあらゆるところから、最高のコーヒー豆を調達する方法も独学で身につけた。彼女はまず、以前大学でスペイン語を教わったコロンビア人の先生を通して、幾人かのコロンビアのコーヒー農場主と知り合った。そして、地域によって違うスペイン語の方言を素早く習得した。そのおかげでエクアドル、ベネズエラ、ペルー、ブラジルといった周辺各国の人々とも容易につてを増やすことができた。まもなく、他の大陸にまで人脈を広げ、ついにはスマトラ、インドネシア、ケニア、イエメンなどにも友人の輪を広げていった。

「この小さな惑星に、コーヒーをつくっている国がいくつあると思います?」とレイチェルが訊いてきた。

ジョーはちょっと考えてから答えた。「二十カ国？」

「正解は三十六カ国以上です。私はこの一年でそのすべての国のコーヒー栽培者と、個人的なつながりを築きました」

ジョーは驚嘆した。それほどの人脈があるからこそ、仲介業者を通さずに、世界中から最高級のコーヒー豆を取り寄せることができるのだ。しかも特別に安価で。そのうえ、この一年の間、ピンダー邸のリビングルームで来客にコーヒーを淹れてきたおかげで、彼女は輸出入のことから国際金融、経営、人材育成にいたるまで、ビジネスのあらゆる面で超一流の専門家と知り合うこともできた。

いまの彼女は、そうしたいと思えば、この屋敷を出て四十八時間以内に世界的規模のグルメコーヒー帝国の基盤をつくることもできるだろう。

「そうか」。ジョーは思わず口走ると、「当たり前だな」と続け、自分の額をたたいて笑いだした。

「当たり前って、何がですか？」

満面に笑みを浮かべたジョーは、椅子に深くもたれてレイチェルを指さした。

「もちろん――あなただ」

「私？」

「あなたなんですね。一週間ずっとここにいたから思いつかなかった。ずっと目の前にいたのに！」

レイチェルは眉を上げた。「えっ？」

ジョーは、二丁拳銃で狙うかのように両手の人差し指でレイチェルを指した。

「あなたが金曜のゲストなんだ。当たりでしょう！」

すると、レイチェルはため息をつき、降参と言うように両手を上げた。「いい読みですね」

ジョーはにっこりした。

「でも、違います」

ジョーの顔から笑顔が消えた。

レイチェルは首をかしげて耳をすました。「あっ、お電話が終わりました」。それから席を立って言った。「ご準備がよろしければ、テラスに出てくださいますか？　テラスでランチを召し上がりながら、金曜日のゲストを待つとのことですから」

レイチェルは驚いた顔のジョーを見てほほえむと、静かに出て行った。

残されたジョーはゆっくり首を振り、座り心地のいい椅子から立ち上がると、ピンダーと金曜のゲストを待つためにテラスへ向かった――それが誰かわからぬまま。

「それで、どうでしたか？」。ピンダーが訊いてきた。

その質問までの二十分ほど、二人はハムやローストビーフ、焼きたてのパン、ずらりと並んだピクルスやオリーブやつけあわせなど、じつにすばらしいランチを楽しんだ。五種類も供されたマスタードのそれぞれを、ジョーはちょっとずつ味見した。

ピンダーの質問が、ランチのことでないことはわかっていた。彼は、今週自分が見たり聞いたりしたことのすべてについて尋ねているのだ。

ジョーはためらいながら、石から石へと飛び移って川を渡るように、慎重に口を開いた。「そうですね——何もかもに心から感動しました。すばらしい、本当にすばらしかった」。それから少しの間沈黙して、九月の終わりの暖かな陽射しを全身に感じた。

「それから?」。ピンダーがうながした。

「それから、その……」考えがまとまらないジョーは深呼吸した。

「では、こう考えたらどうかな。子どものころ、〝与えること〟について、あなたは何を教えられましたか?」

ジョーは眉間に力を入れて思い出そうと努めたが、答えを出す前にピンダーが言った。「ジョー、考えてはいけません。思い出そうとしてはいけません。私が〝与える〟と言ったとき、まず何が思い浮かびましたか?」

「『受けるより与えるほうがよい』という格言です」

「まさに! 受けるよりも与えるほうがよい、そのとおり。善人は与え、受け取ることは考えない。でも、あなたはいつも人から受け取ることばかり考えてしまう。それで、こんなふうに思ったのではないですか？　自分はこれをどうすることもできないでいる。ということは、自分は善人とは言えないのではないか。善人でないなら、無理をして与える必要はあるのだろうか？　与えることはたしかにすばらしい。でも、それはピンダーやニコル、エルネストのような選ばれた人たちの話だ。自分には向かない。それは自分らしくない——」

しばらくの沈黙のうち、ピンダーが言葉をついだ。

「そう思ったのじゃないかな？」

ジョーはため息をついた。「まあ、そんなところです」

ピンダーは窓のほうを見て、西側に広がる街の風景を眺めている。その表情は物思いに沈み、悲しげでもある。はるか彼方に目を向けたまま、彼は言った。

「ひとつ、試しにやってみてくれませんか。私がこれから三十まで数えますから、その間あなたは、ゆっくり息を吐き出す。それだけです。ただ、吐き出す。止めないでずっと吐き出す。さあ、やってみてください。まずは大きく息を吸って、吸って、その調子で……スタート！」

ピンダーが数えている間、ジョーは言われたとおり、ゆっくり息を吐き出した。だが「九」を数えるころには早くも背を丸め、顔が青ざめてきた。そして「十二」を数えると同時に体を起こし、大慌てで息を吸った。

ピンダーはその様子を見て、「三十まではもたないかな?」と言った。

ジョーはうなずいた。

「息を吸うよりも吐くほうが健康にいいということが医学的に証明された、と言ったらどうですか? それなら吐きつづけようと思いますか?」

ジョーは戸惑いながら首を横に振った。

「もちろん、そんなことをしようなどと思うわけがない。誰がなんと言っても、いつまでも息を吐くことなどできるはずはありませんからね」

ピンダーは続けた。「あるいは、心臓は縮むよりも膨らむほうが健康にいいと言ったら? 膨らみっぱなしで、二度と縮まないようにしたほうがいい、と。それならやってみたいと思いますか?」。しかし今度は答えを待たなかった。

「もちろん馬鹿げている。でも、これと同じくらいナンセンスなことを、あなたも私も、誰もがみんな、昔ながらの知恵としてたたきこまれているのです。

話を戻しましょう。受け取るよりも与えるほうがよい――そうじゃない。与えるだけで受け取らないなどということは考えられない。なるべく受け取らないように努力するなんて、馬鹿げているだけでなく傲慢《ごうまん》ですらある。誰かが贈り物をくれたとき、拒否する権利などないでしょう。贈り物をする権利を否定することはできない。

受け取ることは、与えることから生まれる当然の結果です。与えるだけで、そのお返しの受け取りを拒むというのは、迫りくる波を押し返すように命じたカヌート王のようなものだ。波は寄せたら返すものです。心臓が膨らんだらまた縮まなければならないように。

いま、この瞬間にも、地球上のあらゆる場所で、人は酸素を吸い、二酸化炭素を吐き出している。動物界のすべての生き物も。と同時に、いまこの瞬間に、地球上のあらゆる場所で、植物界の何十億という種はそれと正反対のことをしている――二酸化炭素を吸いこみ、酸素を吐き出しているのです。彼らが与えてくれるものをわれわれは受け取り、われわれが与えるものを彼らは受け取っているわけです。

そう、与えることはすべて、受け取るからこそ生じるものなのですよ」

そこまで言うと、ピンダーは押し黙り、窓外に広がる街とそのむこうの山並みを見つめた。

ジョーは地震にあったかのように、その場に凍りついた。

与えることはすべて、受け取るからこそ生じる――

まる一分近く、どちらも口を開かなかった。ジョーには、体中をどくどくと駆けめぐる血流の音しか聞こえなかった。脳内は思考が荒れ狂っているようだった。それから、自分の呼吸に気づいた。吸う、吐く。吸う、吐く。吸う、吐く……

そして笑いだした。

「馬だ！」

ピンダーはふりむいて、いぶかしげにジョーを眺めた。

「馬ですよ」とジョーはくりかえした。「馬を水飲み場まで連れて行くことはできても……」

ピンダーは首をかしげて続きを待った。

「無理に水を飲ませることはできない。これが最後の法則なんでしょう？　受け取ること、すすんで受け取るということでしょう？」

ピンダーは何も言わず、身じろぎもしなかった。ただ、ジョーを見つめたまま耳をかたむけた。

ジョーの思考が勢いよくまわりだした。

「喜んで受け取らないかぎり、与えても成功をもたらしはしないし、望みどおりの結果も得られない。受け取らなければ、他の人からの贈り物を拒み、流れをせき止めることになってしまう。人は生まれながらに欲望を持っているのだから、赤ん坊のようになんでも受け入れるのが自然なんだ。子どものころは誰もが持っているけれど、大人になるとだんだん失くしてしまうかけがえのない特質――たとえば大きな夢を持つこと、あふれる好奇心、自分を信じることなど――をいつまでも手放さないことが、若さと活力とバイタリティを保つ秘訣だとすれば、心を開いて受け取ること、受け取ることを渇望し、どん欲であることも、そんな特質のひとつのはずですよね」

瞳をキラキラさせているジョーを、ピンダーも輝く目で見守った。

「じつのところ、いま言った大きな夢を持つことやあふれる好奇心や自分を信じることなどは、すべて受け取ることのある側面にすぎない。受け入れようとするという点ではみんな同じことだ。そう、心を開いて受け取ること……」

ここまで言うと、ジョーは一瞬考えこんだ。両手を広げ、天をあおいで、自分の考えを完全に伝える言葉を探しているようだった。

「それが、すべてなんだ！」

そして沈黙した。

ピンダーは晴れ晴れとした笑顔で彼を眺め、話しはじめた。

「この世界のしくみには、ユーモアのセンスも組みこまれていると思いませんか？　あらゆる真実、あらゆる見かけの下に、ほんの少し正反対のものが仕込まれている」

「ものごとをおもしろくするために」。ジョーがつぶやいた。

「ええ」、ピンダーはうれしそうにうなずいた。「すばらしい表現ですね。ものごとをおもしろくするために、常に見かけとは正反対のものが少しだけまぎれこんでいる――」

「だから、成功するための秘訣は」とジョーが続けた。「手に入れて、持ちつづけるためには、与えて、与えて、与えつくす、なんだ。手に入れる秘訣は、ひたすら与えること。そして、与えることの秘訣は、心を開いて受け取ること。ところで、この法則はなんと名づけられているのですか？」

ピンダーは眉を上げた。「あなたならどう呼びますか？」

ジョーは躊躇《ちゅうちょ》なく答えた。「受容の法則」

ピンダーはやさしくうなずいた。「いいですね」

しばらくの間、二人は黙って座ったまま、受け入れることについて、そして、矛盾の中にもっともすばらしい秘密をひそませた、この世の驚くべき皮肉について思いをめぐらせた。

だが突然、ジョーはあることに気づいて飛び上がりそうになった。

「昼休みが終わってしまう！　今日のゲストは誰だったんですか？」

ピンダーはジョーを見て言った。「なんですか？」

「今日は誰と会う予定だったんですか？　ほら、最後の法則を教えてくれるはずの金曜日のゲストは？」

ピンダーがほほえんだ。

「ああ、金曜のゲスト。それはあなたです」

一瞬口をつぐみ、ピンダーはくりかえした。「それは、あなただったのです」

第五の法則

受容の法則

効果的に与える秘訣は、心を開いて受け取ることにある。

第13章

思わぬ
電話

その日の午後、クレイソンヒル信託の七階の空気は陰鬱だった。第3四半期が終わりに近づいている。同僚たちはみな、ジョーと同じことをしていた。いくらかでも売り上げを伸ばそうと、奇跡に望みをかけて最後の努力をしていたのだ。

中でもジョーは、大幅に売り上げを伸ばさなければならなかった。だが、奇跡は起きそうもなかった。カール・ケラーマンが、悪いニュースを決定づける電話をよこした。ジョーの代わりにBKを手に入れたのは、やはりニール・ハンセンだった。

同僚たちがコートを着たり、ブリーフケースを閉めたりして帰り支度を始めたころ、ジョーは空のコーヒーカップをじっと見つめたまま、自分の席に座っていた。今日までに達成できなかったぶんは十月へ繰り越し、第4四半期までお預けとなる。

「崖から身投げする前に、話したいことがあるかな？」

目を上げると、ガスが自分の個室のドアから顔をのぞかせていた。ジョーは力なく笑ってガスを手招きした。ガスがジョーのデスク脇の椅子に腰かけると、ジョーは鉛筆をもてあそびながら言った。

「たったいま、今後を左右する大きな契約を逃して、第3四半期の数字が飛んでしまったところですよ。これでぼくの将来も危ういかも。でも、なんだかすごく妙な気持ちで……」

話を聞きながら、ガスはベストのポケットからパイプを取り出した。

「もちろんやりきれない気持ちではあるんですけど、最悪というわけでもない。つまり、今回の件で、ぼくは結局ピンダーの力を借りようとはしなかった。カール・ケラーマンにも名前を言いさえしませんでした。大口の契約はふいにしてしまった。けど、もう一度最初からやり直すとしても、ぼくはおそらく同じことをするでしょう。わかりますか？」

ジョーは壁の時計を見上げた。「ちょうど一週間前、いまと同じ時間に、ぼくはあなたにピンダーの電話番号を訊いた。そしていまは……」とため息をついた。「忍耐あるのみ、といったところです」

ガスはポケットから小さな銀のライターを取り出してパイプをくわえると、シュッと柔らかな音をたてて火をつけ、白く堅いパイプの火皿《ボウル》に炎を押しつけた。そして何度か吸って火をつけると、椅子の背にもたれた。

オフィスのど真ん中でパイプをくゆらせるとは——

ガスはジョーにウィンクした。「ほんのちょっとだけだよ」。彼はそう言って一吸いすると、パイプを口から離して火皿をのぞきこみ、人差し指でつついた。

「契約が取れたかどうかで成功が評価できるわけじゃない。大事なのはそこじゃないよ」

「じゃあ、どこが大事なんですか？」

ガスはまたパイプを吸い、まん丸な煙の輪を三つ吐き出すと、それが消えるまで眺め、パイプをたたくとその灰をジョーのゴミ箱に捨てた。

「大事なのは、きみが何をするかじゃない。何を勝ち取るかでもない。大事なのは、きみがどんな人間かということだ」

突然、ジョーは泣き出しそうになった。「わかってます。ただ……」。ガスの顔を見上げると、思いやりのあるその表情がピンダーそっくりで胸をつかれた。

「ただ、身もふたもない言い草ですが、せっかく秘訣を学んでも、仕事にプラスにならなければなんにもならない。聖人君子になっても、飢え死にしたんじゃ意味がないんだ」

そう言うと、ジョーは絶望的な眼差しでオフィスを眺めたが、時計を見上げたとたん、愕然《がくぜん》として背筋を伸ばした。

「ああっ、最後の法則！」

ガスは眉を上げた。「何？」

「受容の法則を実践しなくては！　与えるためには、心を開いて受け取らなくちゃならないんです。でも、どうすれば実行できるんだろう。積極的に心を開いて受け取るって、どういうことなんだろう。だって、ガス、ぼくはいつだって受け取ることになら心を開いているんですよ。正直言って、心底喜んで受け入れているのに！」。そう言うとジョーはため息をつき、がっくりと肩を落とした。「少なくとも、そうだと思ってきました。でも、ぼくが受け取ってきたものは、貧乏くじばかりだったようだ」

するど、ガスが身を乗り出し、ジョーの肩に手を置いた。「ジョー、大丈夫だよ」。そして立ち上がった。「心配しても誰のためにもならない。今週はいろいろたいへんだったね。もう帰りなさい。奥さんが待ってるだろう。ここは私が片づけておくよ」

ガスにそう言われると、ジョーはどういうわけか肩の力が抜けて、暗い気分も少し晴れた。彼は疲れきった笑みを浮かべて言った。「ありがとう、ガス。でも、お先にどうぞ。戸締まりはぼくがしますから」

ガスは首を振りながらコートを取りにいった。「まったく、きみは一週間前とはすっかり別人だよ。ジョー、わかってるかい?」。それからエレベーターの下りボタンを押し、扉が開くとふりむいて言った。「でも、いまのジョーも前からきみの中にいたんだよ。目立たなかっただけでね」。そしてにっこりした。「お疲れさん」

「お疲れさま、ガス。どうも……ありがとう」

オフィスに一人残ったジョーは、目を閉じ、静かに座っていた。もう日が沈む。そろそろ店じまいだ。彼はゆっくり立ち上がると、ふらふらと給湯室に向かった。ポットの底に残った苦いコーヒーを流し、冷たく湿ったコーヒーの出がらしを捨て、大きな金属の給水筒を洗い、パーコレーターのまわりを濡れたペーパータオルで拭いた。

続いてカップを洗って拭き、棚にきちんと戻しながら、ジョーはレイチェルと彼女の淹れるとびきりおいしいコーヒーのことを考えた。するとなぜか、不思議な満足感がわき上がってきて、思わず笑みがこぼれた。ふと手を止めて、ふだんは活気に満ちているオフィスの静寂に耳をすませた。

この気持ちはなんだろう？　静けさが、まるで息づいているかのようだ。じっと耳を傾けつづけた。これをなんて言ったらいいだろう？　――受け入れること？

そのとき電話が鳴った。ジョーはふりむいて電話を見つめ、それから壁の時計に目をやった。六時十五分に電話。金曜なのに？　ともかく受話器を取った。「ああ、いてくれてよかった」

「もしもし、ジョーですか？」。その声に聞き覚えはなかった。

「あの、失礼ですが……」。いったい誰なのか、まったく思い出せない。

「はじめまして。私はハンセン、ニール・ハンセンです。エド・バーンズにあなたの電話番号を教えてもらってかけました」

「えっ？　エド・バーンズが？　まさか、そんな」

だがその瞬間、あっと思った。

エド・バーンズは、ジョーがジム・ギャロウェイに紹介したライバルだ。月曜の電話、最初の宿題。受け取るよりも、どれだけ多くを相手に与えられるか——。

「あの……」、ジョーは口ごもった。「あの契約をものにしたニール・ハンセンさんですか？」

「ええ。じつはお願いしたいことがあるんです」。相手の声は必死だった。「たいへん困ったことになっていて……」

ジョーは自分の耳を疑った。あのBKを易々と手中に収めた男、ライバル中のライバルが、さらにもう一人のライバルの紹介で電話をしてきて、困ったことになったといって自分に助けを求めているとは。

「エドは、たぶん望みは薄いだろうと言っていましたが、あなたなら誰かごぞんじかもしれないと思って、ともかく電話だけはしてみようと……。なにしろあなたは、エドにすごい人を紹介したくらいだから。非常に大きな取引相手から、もうじき電話がかかってくるんです。あてにしていた仕入れ先が突然ご破算になって、大至急代わりを見つけなければならなくなったという件で。他はもう準備万端だというのに……」

「その取引先というのは?」。ジョーは尋ねた。

相手はしばらくためらった。「申し上げても信じてもらえるかどうか」

エドから取引先の名を告げられたジョーは一瞬、息もできなかった。そこと並べたら、BKですら雑魚《ざこ》にすぎない。ビッグ・カフーナどころではない。とてつもなくでかいビッグ・カフーナだ。ビッグすぎる。めまいがした。

「で、何が必要なんですか？」。ジョーは消え入るような声で訊いた。

「あっ、ちょっと待ってください。いま電話が入ったので……」

ニール・ハンセンが電話を保留にしている間、ジョーはあたりを行ったり来たりしながら待った。ほんの十秒か十五秒ほどだったが、これほど長く感じられたことはない。そして、電話は再びつながった。

「もしもし、いま、あちらを保留にしてもらっています。要するに、こういうことなんです。相手先は、国際的ホテルチェーンを三つ買収して統合し、会議やリゾートに特化したブランドとして再構築しようとしているのですが、そのブランドの売りこみの手はじめとして、豪華クルージングを再開することになっている。それが三週間後なわけです」

先を聞くのが怖かった。「それで？」

「それなのに、この期《ご》におよんで重大な供給元を失った。これまで提携していた仕入れ先が、卸値の問題でごねだして、結局降りてしまったんです。他もいろいろあたってみたんですが、どこもこれほどの規模と品質基準は到底満たせそうもない。規模が小さすぎるし、正直に言えば質も落ちる。任せれば確実に恐るべき数が出ることになるが、しかし、やれそうなところがどこにもない。これだけ莫大な規模と予算、それにスケジュールを考えると……」

「で、必要なものはなんなのですか?」。ジョーはささやくような声で訊いた。

無力感と疲労感の漂ういつもの金曜の夕方の声だった。

「最高品質の、とびきりおいしいコーヒーです。それも何十万人分の。最高級、いや、想像を超えるほど質の高いコーヒーを途方もないほどたくさんほしい。三週間でです! たったの三週間で! 不可能だ、誰だって不可能だ!」

ジョーは深呼吸すると、ゆっくり椅子に腰をおろした。

そしてほほえんだ。

「それなら、心当たりがありますよ」

第14章

与える人生の喜び

その若い女性は、駐車場ビルから出てくると、八月のまぶしい陽射しにまばたきした。「大丈夫よ、クレア」。その朝、自分にそう言いきかせるのはもう三度めだ。いまから訪ねる会社とは数週間もやりとりをしてきたが、いつも電話かEメールで、直接会うのは今日が初めてだった。

「大丈夫よ」、またそう言って歩きはじめた。

ここ二、三週間、クレアはこの若い会社について徹底的に調べてきた。そこがなぜ、ごく短期間に爆発的成長を遂げたのか、その理由を知るために。創業者の一人が幸運にも超大型の契約を射とめたのち会社を立ち上げ、驚くような急成長を遂げてから、まだ一年にもならない。ある雑誌の記事は「一生に一度めぐり会えるかどうかの幸運のひとつ」と書きたてていた。しかし、それから十ヶ月の間に、その彼と二人のパートナーは、さらなる幸運に次から次へと恵まれている。まだとても若いにもかかわらず、その人はすでに「ふれるものすべてを金に変える」とまで噂されていた。

そしてここが、先方から聞いた所在地だ。工場を改修したという建物は、小さな食料雑貨店やロフト付きアパートメントに囲まれた古い街並みにあり、ドアから中をのぞくと、古いタイル張りの入口に大きな手彫りの看板がかかっていた。

レイチェルズ・フェイマス・コーヒー
五階

クレアは背をそらせて上を見上げ、階数を数えた。五階か、最上階だわ。照りつける陽射しでちょっと目がくらんだ。

「急成長してるのに、うわついてはいないようね」

彼女はそう心の中でつぶやきながら、狭いホールを通って古びたエレベーターに乗った。

レイチェルズ・フェイマス・コーヒーの受付係は、クレアを温かな笑顔で迎えると、長い廊下を通って「ブレインストーミング」とだけ書かれたドアの前まで案内してくれた。クレアはそのドアを二度軽くノックし、それからまた二度、今度はしっかりノックした。

するとドアがさっと開き、「ようこそ！」という声がした。目の前には丸顔に眼鏡をかけた三十代後半の男性がいて、満面の笑顔で彼女を広い会議室に招き入れると握手をした。

「クレアですね。私はニール・ハンセンです。よく来てくれました。パートナーたちも私も、あなたの練りに練った提案には心から感謝しています」

クレアは息をのんだ。部屋の真ん中に、磨きこまれた巨大な木のテーブルがあり、その上には、山あいの小さな集落の精巧な縮尺模型が置かれていた。よく見ると、村のまわりには風力発電用タービンが立ち並び、灌漑《かんがい》システムが目立たないように段々畑の間をうねっている。設計が専門のクレアは、そのシステム全体がシンプルで効率的であることに目を見張った。これはたいへんなものだ。

「ありがとうございます、ハンセンさん」。そう言いながらテーブルのむこうに目をやると、壁一杯にはっとするほど美しいモノクロ写真が貼られていた。そこには、年齢も服装もまちまちの子どもたちが写っている。

ハンセンは彼女の視線を追ってほほえんだ。「すばらしいでしょう？　人を信じきった子どもの顔以上に強いものはありません」。写真の一枚一枚を食い入るように見つめるクレアにつき添って、ハンセンもテーブルをまわった。「ほとんどは、われわれがビジネスをしているさまざまな地域のパートナーのお子さんです。写真はすべてレイチェルが、出張の際に自分で撮ったんですよ。彼女もあなたに会いたがっていたんですが、また中央アメリカに行ってしまって。この秋の終わりに開始する大きなプロジェクトのために重要な関係先と話をつめなければならないんです。でも、今日は弊社のもう一人のパートナーに会いにきてくださったのでしょう？」

クレアはうなずいた。

「さあ、どうぞ」。ニールは隣のオフィスにつながるドアを示した。「彼が楽しみに待ってますよ」

「クレア、ようこそ！　わざわざ会いに来てくれてありがとう」。レイチェルズ・フェイマス・コーヒーの三人めの創立者が彼女を迎えた。

「お目にかかれてたいへん光栄です」。この人はどうして私にお礼を言うのかしら。クレアはそういぶかりながら答えた。

「ジョーと呼んでください。どうぞ気楽にして」

クレアはほほえんだ。緊張していたはずなのに、この人の声の何かが、不思議と気分を落ち着かせてくれた。「わかりました……ジョー」

「ありがとう」。ジョーはまた礼を言うと、彼女に椅子を勧め、自分も座った。

「クレア、ぼくらはみんな、あなたの提案に心から感謝しています。本当に全力でつくってくれましたね」

そこまで言って、少し言葉を切った。

「まず、お知らせがあります。わが社の秋のキャンペーンには、あなたの競争相手の作品を採用することに決めました」

やっぱり。クレアは今朝からずっと、この瞬間のために心の準備をしてきた。

だが実際にそれを耳にすると、とつぜん雷が落ちたように体がふるえた。

「私……あの、直々に伝えてくださって感謝します」

「驚かないんですか？」

「驚くだなんて、そんな……だって私と競っていたのは大企業、かたや私はたった一人でやっているフリーランサーです。あちらのほうが、私よりうんとお役に立つに決まっています」

「いや、お言葉を返すようですが、われわれはそうは思っていません。たしかに、あちらのほうが経験も豊富だし、仕事の中身も優れています。でも、正直に言って、あなたにはすばらしい才能がある。それ以上に、心がある」

「心？」クレアは困惑した。

「いま、この仕事はあなたの競争相手に任せることにしたと言ったときでさえ、あなたはぼくにお礼を言い、競争相手を称えた。あなたには心がある。

今日来ていただいた理由も、そこにあります。競争相手に任せたキャンペーンはとても重要なものですが、それとは別にもうひとつプロジェクトがあって、構想のスケールから言えば、今回のものより重要かもしれない。

じつはぼくたちは、このたび世界的規模の事業をくり広げるために財団を立ち上げたんです。このレイチェルズ・フェイマス・コーヒー財団の目的は、中央アメリカ、アフリカ、東南アジア、その他の世界中のコーヒー産出国で、現地のコミュニティの人々と力を合わせて、自立した協同組合を築くことにあります」

ジョーはここまで話すと、クレアが話の内容を咀嚼《そしゃく》できるように一息ついた。

「このプロジェクトは世界中の地域社会で本物の、持続可能な変化を生むでしょう。でも適切に資金提供するには多額の資金が必要ですし、それだけの資金を調達するためには、世界的規模での計画と調整ができる人材がいる。あなたがこれまでやってきたことと少し違うとは思いますが、もし興味があれば、その仕事を引き受けてもらえないかと思っているんです」

クレアは驚きのあまり口もきけなかった。

ジョーは黙ってうなずくと、先を続けた。「もちろん、考える時間が必要ですよね。できれば、私の妻のスーザンから、もっとくわしい話をさせてもらいたい。スーザンは、非常に有能な土木技師です。ぼくが彼女を説得して市の仕事を辞めてもらい、このプロジェクトに加わってもらったんです。彼女が快諾してくれたのは幸運でした。それで……」とジョーはここで腕時計を見た。「もうすぐ彼女がぼくとランチをしに来るんですが、あなたもご一緒しませんか？」

クレアは、言うべき言葉がみつからず口ごもった。

「あの、ジョー……」

ジョーは無言で、続けて、というようにやさしくうなずいた。

「どうして……どうしてこんなことができるんですか？」

ジョーはちょっと戸惑ったようだった。「こんなこと？」

「ええ。どうして、こんなにすごい状況を築き上げられたんですか？　あなたとパートナーの方々がこのすべてを始めてから、まだ一年もたっていない。一年といえば、たいていはまだ新しいビジネスをスタートさせるだけで四苦八苦しているころです。なのに御社はもう巨大なプロジェクトを立ち上げ、世界的な影響力を持つまでになっている。

つまり、その、私が申し上げたいのは、いまのご提案はとてもうれしかったし、もちろんそのプロジェクトについてもっと知りたいとも思いますが、でも、いちばん興味があるのは、みなさんにはどうしてこんなことができるのか、ということなんです。私はそれを学びたいんです。単に運がいいとか、ちょうどいい時期にちょうどいい場所にいたというようなことだけではないはずです。みなさん方三人がどんな方法をとっているのか、それがなんなのか、どう機能しているのか、そのすべてを知りたくてたまらないんです」

一瞬、ジョーが物思いにふけったように見えた。クレアは、自分があまりにも厚かましいことを言ったので怒らせてしまったのかと不安になったが、次の瞬間、ジョーは大きく息をして言った。

「そういう質問には、わかりやすく、かつ徹底的に答えるべきですね。わかりました、あなたのご要望におこたえしましょう。ランチタイムを利用してね。イアフラーテスというレストランに行ったことはある？　ぼくたちのお気に入りの店なんだけど」

「ありがとうございます。その店に行ったことはありません」。クレアが反射的に答えると、ジョーはほほえんで立ち上がった。

「その店で、会わせたい人がいるんです」

五つの法則

第一の法則

価値の法則

あなたの本当の価値は、どれだけ多く、受け取る以上のものを与えるかによって決まる。

第二の法則

収入の法則

あなたの収入は、あなたがどれだけ多くの人に、どれだけ奉仕するかによって決まる。

第三の法則
影響力の法則
あなたの影響力は、あなたがどれだけ相手の利益を優先するかによって決まる。

第四の法則
本物の法則
あなたが人に与えることのできるもっとも価値ある贈り物は、あなた自身である。

第五の法則
受容の法則
効果的に与える秘訣は、心を開いて受け取ることにある。

謝辞

一冊の本を構想し、計画を練り、生み出すのは奇跡にも似たプロセスだ。「謝辞」という言葉だけでは、多くの人々が創造力を発揮し、われわれを支えてくれた真の価値を伝えることは到底できない。この深い感謝を、次の方々に捧げたい。

折々に原稿に目を通し、鋭い洞察や知恵、熱意やアドバイスを授けてくれた友人たちに。スコット・アレン、シャノン・アニマ、ブライアン・バイロ、ジョージ・ブルーメル、ジム〝ジンボー〟ブラウン、アンジェラ・ロー・クライスラー、リー・コバーン、ジョン・ミルトン・フォグ、ランディ・ゲージ、テッサ・グリーンスパン、ジョン・ハリチャラン、フィリップ・E・ハリマン、トム・ホプキンズ、ジェームズ・ジャスティス、ギャリー・ケラー、パメラ・マクブライド、フランク・マグアイア、ドクター・アイバン・ミスナー、ポール・ゼーン・

ピルザー、トーマス・パワー、ニド・キュベイン、マイケル・ルービン、ローンダ・シェール、ブライアン・トレーシー、アーニー・ウォレン、ダグ・ウィード、クリス・ワイドナーとリサ・M・ウィルバー。

アナ・マクレラン、あなたは原稿を精読し、その信念で常にこのプロジェクトを支えてくれた。アナ、「本物の法則」が生まれたのは、あなたのおかげだ。

トム・スコット、きみは「影響力の法則」のお手本で、その天才的な戦略とインターネットに関する魔法並みの高等技術を惜しみなく駆使し、本書を世界中へと導いてくれた。

ボブ・プロクター、あなたは多くの人にとってずば抜けたメンターだ。ピンダーの人物像も、あなたの影響によるところが大きい。

ポートフォリオ出版の見事なチーム、エイドリエン・シュルツ、エイドリアン・ザックハイム、ウィル・ワイサー、コートニー・ヤング。一人でも多くの人に、少しでも多く役に立つことで、いつまでも続く成功の道を歩まれますように！　この小さな本は、これ以上望めないほど最高の出版社を得ることができた。

世界一すばらしいエージェント、マーガレット・マクブライド、ドナ・デグーティス、アン・ボムキー、フェイ・アッチソン。あなたたちはエージェントであると同時に編集者であり、非凡な闘士であり、「価値の法則」の生きた見本だ。

その他、多くの仲間や友人一人ひとりの名前を挙げることはできないが、私たちはみなさんを決して忘れない。みなさんが私たちの人生に与えてくれたこと、その力添えが、本書の核となるアイデアへと結実していったのだ。

そして何よりも大切なあなた。本書の誠実な読者であるあなたこそが、金曜日のゲストだ。与えること、そして心を開いて受け取ることを決して忘れないでほしい。

あたえる人が あたえられる

2014年 2 月 4 日　初版第 1 刷発行
2024年 4 月 6 日　第12刷発行

著者
ボブ・バーグ&ジョン・デイビッド・マン

訳者
山内《やまのうち》 あゆ子《こ》

編集協力
藤井久美子

印刷
中央精版印刷株式会社

発行所
有限会社 海と月社
〒180-0003　東京都武蔵野市吉祥寺南町2-25-14-105
電話0422-26-9031　FAX0422-26-9032
http://www.umitotsuki.co.jp

定価はカバーに表示してあります。
乱丁本・落丁本はお取り替えいたします。

ISBN978-4-903212-48-7